書下ろし

恋はかげろう

新・のうらく侍②

坂岡 真

祥伝社文庫

目次

北
東
南
西
下谷金杉
湯島天神下「百足屋」
駿河台
神田川
大川橋（吾妻橋）
大川（隅田川）
柳橋
本所
亀戸「石宝寺」
竪川
塩河岸「百川」
両国橋
室町
日本橋
小網町一丁目
新大橋
横川
万年橋
小名木川
日本橋
八丁堀
木原店「おかめ」
永代橋
深川
深川八幡宮
「恋はかげろう」の舞台

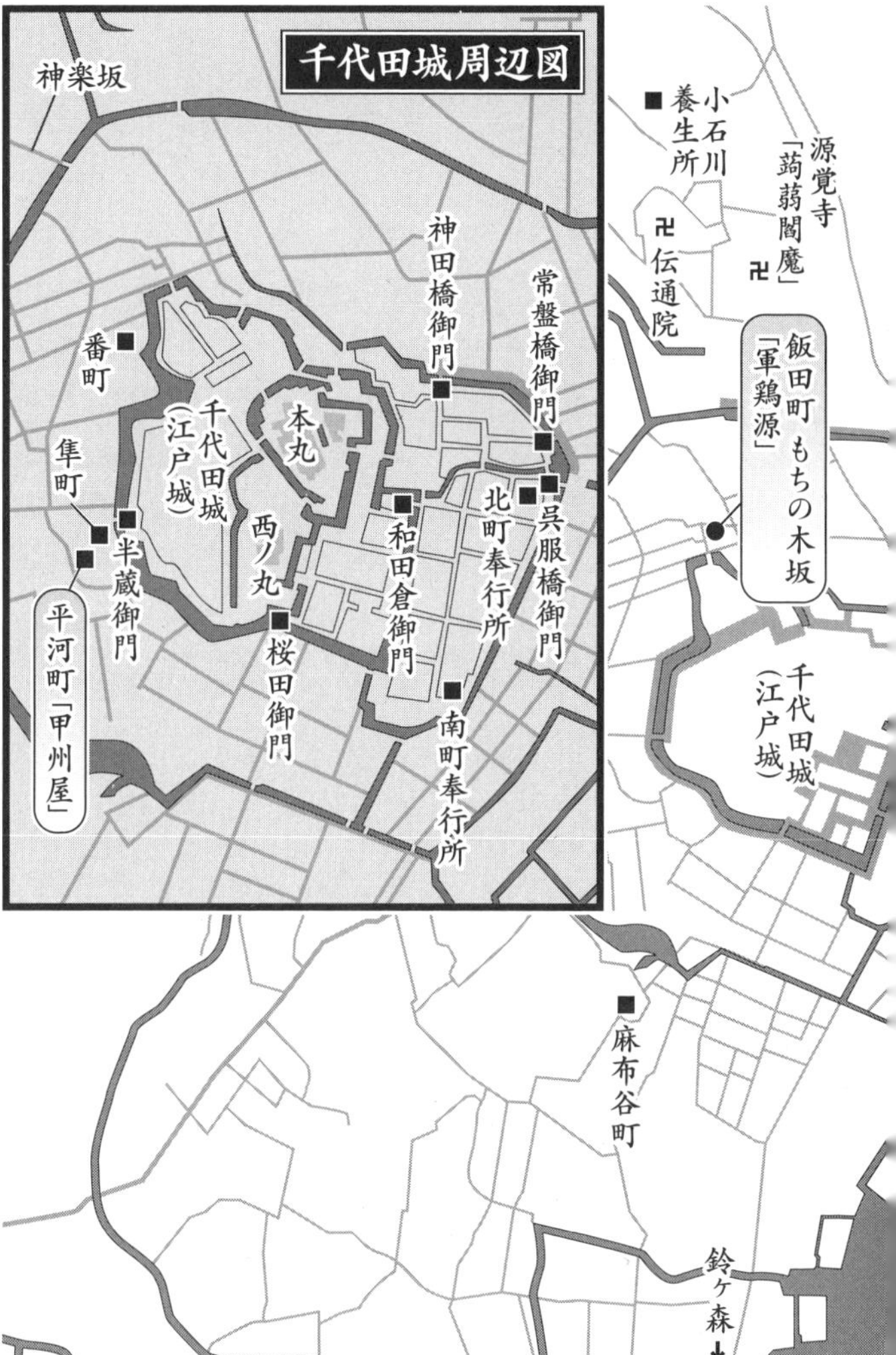
千代田城周辺図
神楽坂
小石川養生所
源覚寺「蒟蒻閻魔」
伝通院
神田橋御門
常盤橋御門
飯田町 もちの木坂「軍鶏源」
番町
千代田城（江戸城）
本丸
隼町
半蔵御門
西ノ丸
和田倉御門
北町奉行所
呉服橋御門
平河町「甲州屋」
桜田御門
南町奉行所
千代田城（江戸城）
麻布谷町
鈴ケ森

地図作成／三潮社

恋はかげろう

一

天明《てんめい》六年（一七八六）師走《しわす》のはじめ、千代田《ちよだ》城は雪の衣《ころも》を纏《まと》っている。

裃《かみしも》姿の葛籠桃之進《つづらもものしん》は背を丸め、雪駄《せった》で霜《しも》を割りながら歩いた。

「空は青いが、底冷えのする寒さよ」

喋《しゃべ》りかけたわけではないのに、桜田門《さくらだもん》の門番が睨《にら》みつけてくる。

目を逸《そ》らして門を潜《くぐ》りかけたところへ、後ろから「のうらく、のうらく」と呼びかけてくる者があった。

振りかえれば、金《きん》柑頭《かあたま》の元上役が小走りに近づいてくる。

「げっ」

漆原帯刀《うるしばらたてわき》、呉服橋御門《ごふくばしごもん》内にある北町《きたまち》奉行《ぶぎょうしょ》所の年番方与力《ねんばんかたよりき》であった。

上には諂《へつら》い、下には威張《いば》りちらす。横柄《おうへい》な態度で人を見下し、気にくわぬことがあると、疳高《かんだか》い声できゃんきゃん吠《ほ》える。桃之進を西《にし》ノ丸留守居《まるるすい》のもとへ追いやった張本人でもあり、一生会うまいとおもっていた相手にほかならない。

「くふふ、八の字眉《まゆ》にちっこい眸子《まなこ》、曲がった鼻におちょぼ口。あいかわらず、腑《ふ》抜《ぬ》けた面《つら》をしておるではないか。そのうらなり顔、毎日見るのは鬱陶《うっとう》しゅうてかなわぬが、三月《みつき》も見ぬと何やら淋《さび》しゅうなってくる。不思議なものよな」

「はあ」

「新たなお役目はどうじゃ。と言うても、以前の金《かね》公《く》事方《じかた》に輪を掛けて暇《ひま》であろう。宿下《やどさ》がりの御殿女中に道中手形を出すだけのお役目と聞いておるぞ。それで百五十俵貰《もら》えれば御の字ではないか、のう。すべてはわしのおかげぞ。出世意欲なんぞは欠片《かけら》もなく、手柄をあげる覇気《はき》もない。役目の段取りはすぐに忘れ、上役に叱《しか》られてもへらへら笑ってごまかし、面倒事は避《さ》けて通り、気働きはいっさいせぬ。おってもおらずともどちらでもかまわず、毒にも薬にもならぬ。それでも、にょほほんと太平楽に構えておるゆえ、のうらく者と呼ばれておった。そんなおぬしが今も禄《ろく》を貰えておるのは、この漆原帯刀が田沼《たぬま》さまに膝詰《ひざづ》めでお願いしたがゆえのことじゃ。『のうらく者の行く末を、どうかよしなにお願い奉《たてまつ》ります』とな。家治《いえはる》公ご逝去《せいきょ》ののち、田沼さまはご老中《ろうじゅう》の役を解《と》かれて雁之《かりの》間《ま》詰《づめ》とおなりになったが、いまだご威光《いこう》は衰《おとろ》えておらぬ。お受けしたご恩に報《むく》いるためにも、励《はげ》まねばならぬぞ」

「はあ」

「何じゃ、その気のない返事は。しゃっきりせんか。と言うても、しゃっきりせんのがのうらく者であろうがな。その梅鼠《うめねず》の裃、存外に似合《にお》うておるではないか」

「漆原さまこそ、藤鼠《ふじねず》の裃がよう似合うておられます」

「鼠《ねずみ》同士で褒《ほ》めあってどうする。ふふ、わしはこれより若年寄《わかどしより》の安藤対馬守《あんどうつしまのかみ》さまをお訪ね申しあげ、奉行就任のご挨拶《あいさつ》をせねばならぬのさ」

「げっ、御奉行にご出世なさるので」

「莫迦《ばか》め、田沼派のわしが出世するわけがなかろう。奉行は奉行でも、小石川《こいしかわ》の薬園《やくえん》奉行じゃ。ふん、養生所《ようじょうしょ》の裏で草むしりよ。それでも、三百俵の禄米《ろくまい》は変わらぬ。田沼派の連中はみな、多かれ少なかれ煮《に》え湯《ゆ》を呑《の》まされておる。すべては家斉《いえなり》公を新将軍の座に据《す》えた一橋《ひとつばし》派の策謀じゃ。御役御免《おやくごめん》を申し渡された者とて、けっして少なくはない。わしはな、有能ゆえに居残ることができたのじゃ。年番方は何かと気苦労の多い役目ではあるし、まあ、よしとせねばなるまい。さればな、励《はげ》めよ」

金柑頭は偉そうに言い捨て、本丸のほうへ颯爽《さっそう》と遠ざかっていく。

「めげない男だな」

桃之進はほっと溜息《ためいき》を吐《つ》き、西ノ丸下の大路を左手に折れていった。

漆原が口利《くちき》きしてくれたのには、それなりの理由がある。

――家治公は老中田沼の陰謀《いんぼう》によって毒殺された。

という由々《ゆゆ》しき謀事《はかりごと》の噂《うわさ》が、田沼降ろしの急先鋒《きゅうせんぽう》と目《もく》される一橋家の次席家老《じせきがろう》によって流布《るふ》された。

縁《えん》あってたまさか桃之進は噂の真相を知ることとなり、田沼意次《おきつぐ》への濡《ぬ》れ衣《ぎぬ》を晴らす密命の一端《いったん》を担《にな》った。そして紆余曲折《うよきょくせつ》の末、どうにかこうにか意次の濡れ衣は晴れ、謀事の黒幕と判明した次席家老は裁《さば》かれたのである。

世が世なら昇進はまちがいのないところであったが、如何《いかん》せん、十五年の長きにおよんだ田沼の世は終焉《しゅうえん》を迎えていた。それゆえ、昇進どころか、禄高を五十石も削《けず》られたうえに西ノ丸へと追いやられ、日がな一日欠伸《あくび》をしながら過ごしている。

そもそもは、十年勤めた勘定方《かんじょうかた》から「芥溜《あくただまり》」と揶揄《やゆ》された北町奉行所の金公事方へ左遷《させん》され、役立たずの同心ふたりとともに隔離された蔵のなかで三年を過ごした。それでも、何となく居心地の良さを感じはじめたころ、人減らしの煽《あお》りを食って金公事方は廃止となった。

新たな出仕先の西ノ丸は、次期将軍と定められた嗣子《しし》が住まう御殿である。ところが、家治没後は十四歳の家斉が新将軍になったばかりで、西ノ丸に次期将軍となるべき主人はいない。

誰の目でみても、西ノ丸の留守居役は閑職《かんしょく》だった。事実、同役の秋山頼母《あきやまたのも》は取締を任された大奥《おおおく》の女官《にょかん》たちから「無用者」と陰口を叩《たた》かれており、そのせいかどうかわからぬが、御用部屋へ出仕したすがたをみたことがない。

出仕もせぬ「無用者」の配下は、女官たちから「芥以下」と目されている。

それでも、文句を言わずにじっと耐えるのが宮仕《みやづか》えの侍というものだ。

桃之進は西ノ丸の大手門《おおてもん》を潜ると、表玄関ではなく裏手の御広敷門《おひろしきもん》のほうから御殿中奥にあがっていった。

御用部屋は廊下を渡って左手にある。

隣《となり》は「御乳《おちち》」と呼ばれる乳母《うば》たちの詰所らしいが、それらしき者をみたことはなかった。対面には城中警固の伊賀者《いがもの》を差配する御広敷役人の詰所があり、大奥の年寄たちや表使《おもてづかい》などの詰所もそばにある。御広敷門を潜ってすぐ脇の右手寄りには御用商人の集まる七つ口があるので、半刻《はんとき》（約一時間）もすれば賑《にぎ》やかになってこようが、今はまだ閑散《かんさん》としたものだ。

漆原も言ったとおり、桃之進たちの主な役目は道中手形の発行だが、訪れる者は数えるほどしかおらず、ほとんどは宿下がりを願いでる大奥の女官たちであった。部屋の主人か局《つぼね》の添え状があればすぐに発行できるので、関所のように厳しい詮議《せんぎ》があるわけでもない。居眠りしながらでもできる役目だった。

二間つづきの御用部屋にはいると、ふたりの配下が座っていた。

呉服橋の「芥溜」から連れてきた「役立たずの同心」どもだ。

無気力を絵に描いたような連中で、舌のまわる狸顔《たぬき》のほうは安島左内《やすじまさない》、目を開けたまま眠っている馬面《うまづら》は馬淵斧次郎《まぶちおのじろう》という。

いずれも四十手前の働き盛り、妻子を抱えているにもかかわらず、働く意欲に欠けていた。忠義は何処《どこ》かへ置きわすれ、奉仕の精神など微塵《みじん》も感じられない。のうらく者の烙印《らくいん》を押された桃之進の目でみても「てんでだめなやつら」だった。

「葛籠さま、ご機嫌麗《うるわ》しゅうございます。朝一番から吉兆《きっちょう》にございますぞ」

安島が肥《こ》えた身を寄せ、にやつきながら囁《ささや》いてくる。

「武家のご妻女が先刻から隣部屋でお待ちにございます。小生意気な大奥の女官などではなく、歴としたお旗本《はたもと》のご妻女にござるぞ」

「莫迦め、それがどうした」

「ふふ、たいそう見目麗しいご妻女でしてな、しおらしい声で『骨をみせるから手形を寄こせ』と申すのでござる」

「骨をみせるだと」

わけがわからぬ。それの何処が吉兆なのだ。

「ともあれ、こちらへ」

桃之進は腰を落ちつける暇《ひま》もなく、隣部屋へ誘《いざな》われた。

地味な羽織《はおり》を纏った丸髷《まるまげ》の女がふたりいる。

頭を下げているので、風貌《ふうぼう》はわからない。

後ろに控えているのは、侍女《じじょ》であろう。

「与力の葛籠桃之進さまでござる。どうか、お手を」

安島に促《うなが》されても、女たちは顔をあげない。三つ指をついたまま、主人らしき女のほうが口を開いた。

「大垣《おおがき》藩勘定吟味役《かんじようぎんみやく》、白鳥内記《しらとりないき》の娘、八重《やえ》にござります。これにある骨壺《こつつぼ》には、先だって亡くなった実父の骨が納めてござります。この骨を国許《くにもと》の大垣にある菩提寺《ぼだいじ》まで滞《とどこお》りなく運び、供養《くよう》せねばなりませぬ」

「なるほど、骨とはそういうことか」

「はい。事情をお汲《く》みいただき、道中手形を頂戴《ちょうだい》しとう存じます」

桃之進は畳に頰《ほお》がつくほど身を屈《かが》め、八重の顔を覗《のぞ》こうとする。

八重はさらに深くお辞儀《じぎ》をし、意地でも顔をあげようとしない。

よくよく眺《なが》めてみると、頰を伝って流れた汗が尖《とが》った顎《あご》から滴《したた》りおちていた。

気を張っているのか。それとも、何かを恐れているのか。

妙だなと直感しつつも、できるだけ優しく声を掛けてやる。

「八重どのとやら、お顔をみせていただけまいか」

「この顔をあげたら、手形をいただけましょうか」

「それはどうか。もそっと事情を聞かねばならぬ」

「事情とはいったい、何でござりましょう」

「旗本のご妻女ならば、何よりもまず、ご主人の氏素姓《うじすじょう》を聞いておかねばなるまい」

「主人は十里四方鉄砲改方組頭《じゅうりしほうてっぽうあらためかた》、根本彦四郎《ねもとひこしろう》にござります」

何故《なぜ》そちらをさきに言わぬのか、糺《ただ》したい気分になった。

十里四方鉄砲改方は大名を監視する大目付《おおめつけ》の配下にあって、関八州《かんはっしゅう》の藩領から鉄砲などの火器類が府内《ふない》へもたらされるのを阻《はば》む役目を負う。いわば、入鉄砲《いりでっぽう》を阻止する砦《とりで》の役目にほかならない。

桃之進は、できるだけ威厳を繕《つくろ》って諭《さと》した。

「手形を出すにも段取りがござってな、第一の条件としてはご主人の添《そ》え状をみせていただかねばならぬ」

「添え状」

八重は唸《うな》るように漏《も》らし、きっと顔を持ちあげた。

「うっ」

眦《まなじり》の吊《つ》った般若《はんにゃ》顔で睨まれ、桃之進は仰《の》け反《ぞ》ってしまう。

八重は骨壺を抱いて膝で躙《にじ》りより、さらにたたみかけた。

「夫の添え状が必要なのでござりますか。さようなはなし、聞いたこともござりませぬ」

「そう言われてもなあ」

「もしや、お疑いか。骨壺の骨が父のものでないと、お疑いなのか」

八重はさらに眦を吊りあげ、骨壺の蓋《ふた》をぐりっと捻《ひね》る。

「おい待て、何をする」

桃之進の制止も聞かず、えいやとばかりに骨壺をひっくり返した。

「ひぇっ」

安島が隣で叫び、おもわず飛び退《の》いた。

畳にぶちまけた骨の欠片《かけら》を摘《つ》まみ、八重は涙目で訴える。

「大垣藩のご先代よりお仕えして幾星霜《いくせいそう》、揺るぎなき信念と忠心をもって藩財政をひたすら支えつづけてまいった勘定吟味役。これが正真正銘《しょうしんしょうめい》、白鳥内記の骨にござりまする」

感極まって声を震わせるすがたは健気《けなげ》で、白磁《はくじ》のような肌は透《す》きとおってみえた。

――許す。

桃之進は、喉《のど》まで出かかったことばを呑みこんだ。

「さりとて、かなわぬものはかなわぬ。ご主人の添え状さえあれば、すぐにでも手形はお出し申しあげる」

搾《しぼ》りだすように吐きすてるや、八重は恫喝《どうかつ》の眼差《まなざ》しで睨みつけてきた。

「添え状さえあればよいのですね」

「いかにも」

「かしこまりました」

八重は瞬《まばた》きもせずにうなずき、きんと声を張りあげる。

「民《たみ》、骨を集めなさい」

「はい、奥さま」

民と呼ばれた侍女が進みでて、一瞬にして骨を掻《か》き集めた。

そして、ふたりは挨拶《あいさつ》もそこそこに風のごとく去ってしまう。

「いやはや、まいりましたな」

安島は半笑いの顔で言い、ずんぐりした指で月代《さかやき》を掻いた。

「入鉄砲を監視する旗本の奥方が、出女《でおんな》になりたいと訴えて畳に骨をぶちまける。滅多《めった》にお目に掛かることのできぬ演《だ》し物にござりました」

「不謹慎《ふきんしん》であろう」

「さりとて、あれだけ美しいおなごが困っておるすがたをみるのは、不謹慎ながらも楽しゅうてなりませぬ」

「抜き差しならぬ事情があるのさ」

「やはり、そうおもわれますか」

「無論、深入りは禁物だぞ」

釘《くぎ》を刺したにもかかわらず、安島はまったく聞いていない。

「はたして、ご妻女は添え状を手にできるのか。手にできぬとあらば、どうしてみせるのか。くふふ、ここはひとつ、顚末《てんまつ》を見届けぬわけにはまいりますまい」

好奇心剝《む》きだしで嗤《わら》う狸の喉ちんこをみつめ、桃之進はこれみよがしに溜息を吐いた。

二

数日後。

骨をぶちまけた八重のことなど、すっかり忘れていた。

桃之進は非番なので、番《ばん》町の家にいる。

役目替えにともない、八丁《はっちょう》堀《ぼり》の提灯《ちょうちん》掛《が》け横丁から引っ越してきた。

町名を言えば濠端《ほりばた》一丁目と五番《ごばん》町の交差するあたり、坂の上り口にある。半蔵《はんぞう》門《もん》寄りのわかりやすいところだが、一度迷いこめば住人ですら方向を見失ってしまうのが番町にほかならず、起伏に富んだ道が縦横《じゅうおう》無尽《むじん》に錯綜《さくそう》し、同じような武家屋敷がいくつも並んでいた。

与えられた敷地は二百坪そこそこ、簡素な冠木門《かぶきもん》や古ぼけた平屋の外観は以前と変わらない。目のまえの坂が「芥坂《ごみざか》」と呼ばれているのは、住みはじめて数日後に知った。北町奉行所の「芥溜」から番町の「芥坂」へ、よほど芥に縁があるらしいと嘆いても、同情する者はいない。

手狭な家には気丈な母と商家出の妻、引っ込み思案な十九歳の息子と十三歳のこまっしゃくれた娘がおり、甲斐性《かいしょう》なしの弟もひとり居候《いそうろう》している。

十三年前、しっかり者と評判の兄が急死した。そのとき、いっしょに骨を拾ったのが、嫂《あによめ》の絹《きぬ》であった。新しい嫁を探すのも面倒臭く、喪《も》が明けるやいなや嫂を娶《めと》り、兄の子を養子にした。母の勝代《かつよ》は烈火のごとく怒ったが、いっしょになってよかったとおもっている。

案《あん》の定《じょう》、喉元過ぎれば何とやらで、一年も経《た》たぬうちに波風はおさまった。絹は姑《しゅうとめ》の勝代とうまくやっており、少し気の強い点を除けば申し分のない妻だ。

一方、勝代は十三回忌を済ませても兄のことが忘れられぬようで、家禄を減らされるたびに、桃之進を死んだ兄とくらべた。

「あの世へ逝《い》った杉之進《すぎのしん》は、ほんにようできた子じゃった。同じ兄弟でどうしてこうもちがうのかのう」

幼いころに病死した父が生きていれば、母に兄弟の資質をくらべるような愚は許さなかったであろう。

父も兄も几帳面《きちょうめん》な性分で、勘定方に向いていた。

兄とのちがいを述べるならば、算盤《そろばん》を弾《はじ》くのが得手《えて》か苦手かのちがいにすぎぬと、今でもおもっている。

風采《ふうさい》のあがらぬ桃之進にも、血気盛んなころはあった。

剣の修行に明け暮れ、辻月丹《つじげったん》の創始になる無外《むがい》流の印可を受けたのだ。

千代田城の白書院広縁《しろしょいんひろえん》で催《もよお》された御前試合にも参じ、家治公の御前で一刀《いっとう》流や新陰《しんかげ》流の猛者《もさ》と互角に渡りあった。今から十七年前、明和《めいわ》六年（一七六九）夏のはなしだ。側用人《そばようにん》の田沼意次が老中格となり、江戸の夜空には禍《わざわい》をもたらす帚星《ほうきぼし》が流れた。

雄姿をみせたかった父は鬼籍《きせき》に入っていたが、母も兄も「葛籠家の誉《ほま》れよ」と褒《ほ》めてくれた。

おもえば、あのときが人生の絶頂であったやもしれぬ。

勝ち抜き戦の頂点をきわめ、出世は意のままかとおもわれたが、世の中そんなに甘くない。剣術ができれば通用する時代ではなく、むしろ、重用《ちようよう》されるのは算盤勘定に長《た》けた者のほうだった。

それでも、兄が生きておれば、気楽な部屋住み暮らしを謳歌《おうか》できていたかもしれない。

算盤もろくに弾けぬ穀潰《ごくつぶ》しの自分が、何の因果か貧乏旗本の当主となり、他人の禄米を勘定する勘定方に就《つ》いた。不慣れな勘定所に十年も通ったあげく、出世もできずに禄米を百石も削られ、北町奉行所の「芥溜」へ左遷された。さらに三年が経ち、今は主人不在の西ノ丸に出仕を余儀なくされている。

「三年前には三百石だった禄米が、とうとう半分になりました。すべては、おまえが甲斐性無しのせいです」

父や兄の命日でもないのに仏間に呼びだされ、桃之進はさきほどから勝代に小言を貰っていた。

「今さら申すまでもないが、葛籠家のご先祖は神君家康《しんくんいえやす》公にお仕えした近習《きんじゆ》でござりました。大坂《おおさか》夏の陣にて、たいそうな手柄をあげられたのです。何よりの証拠は、本阿弥《ほんあみ》家目録付きの孫六兼元《まごろくかねもと》にござります」

ずらりと抜けば、三本杉の刃文《はもん》が煌《きら》めく。

家康御下賜《おんかし》の刀かどうかは定かでないが、なるほど、葛籠家唯一《ゆいいつ》の家宝である孫六は刃長二尺七寸（約八一センチ）の大業物《おおわざもの》であった。

「それがどうでしょう。歴とした旗本にもかかわらず、使用人の数も減らし、馬も売り、いつのまにか御家人《ごけにん》同様になりはてました」

「母上、おことばでございますが、旗本のなかには禄を貰えずに浪々の身となった方々もおられます」

「ほう、抗《あらが》うのか」

「いいえ、さようなつもりは」

「下をみればきりがない。おぬしはどうせ、何もかもが天災のせいじゃと言いたいのであろう」

浅間山《あさまやま》は噴火し、陸奥《むつ》の岩木山《いわきさん》も薩摩《さつま》の桜島《さくらじま》も噴火した。日《ひ》の本《もと》全土に火山灰が降りそそぎ、作物は枯《か》れて飢饉《ききん》となった。百姓地は荒廃し、莚旗《むしろばた》を掲《かか》げた者たちは城下に溢《あふ》れ、村を棄《す》てた逃散《ちょうさん》百姓や禄を失った陪臣《ばいしん》たちがどっと江戸へ流れこんできた。

「無頼《ぶらい》と化す不埒者《ふらちもの》は後を断たず、裕福な商家を毀《こわ》しては略奪を繰りかえしておる。されど、おぬしの出世とは、何ひとつ関わりのないはなしじゃ」

勝代は怒りの捌《は》け口でも求めるかのように、引っ越し祝いに貰った青竹をぎしぎし踏みはじめた。

「田沼さまが我が世の春を謳歌《おうか》していたころは、金、金、金がものを言う世の中であった」

先立つものがなければ出世はできぬ。出世できねば贅沢《ぜいたく》な暮らしは望めぬ。人はみな挙《こぞ》って贅沢を望み、金持ちと貧乏人の差は天と地ほども開いた。

「金さえあれば少々の悪事をはたらいても文句は言われぬ。嘆かわしいことじゃが、田沼さまがおられぬようになっても人の本性は変わらぬもの。金持ちの悪党どもが罰せられもせず、のうのうと大手を振って生きてゆける。そんな世の中じゃ」

今年も災害の多い年であった。秋口の豪雨で鉄砲水が生じ、新大橋《しんおおはし》と永代橋《えいたいばし》は倒壊し、大川沿いの五十ヶ村は水浸しになった。水害のせいもあって、意次肝煎《きもい》りの印旛沼《いんばぬま》と手賀沼《てがぬま》の開削は頓挫《とんざ》し、挙げ句の果てには家治公が身罷《みまか》った。

一橋家当主の家斉が新将軍となったのは、世間のみなが重陽《ちょうよう》の節句を祝っていたときだ。長らく権力の座にあった田沼意次に引導を渡したのは、八代将軍吉《よし》宗《むね》の血を引く松平定信《まつだいらさだのぶ》であった。今は一代かぎり溜之間《たまりのま》詰の幕政顧問だが、しばらくすれば老中首座に就くだろうと目されている。

「誰も彼もが白河侯《しらかわこう》に媚《こ》びを売るべく列をなしているとも聞きまする。今よりもいっそう、世渡り上手はよいおもいをし、生き方に不器用な者は隅《すみ》へ追いやられることとなりましょう。口惜《くちお》しゅうはあるが、世の中とはそうしたもの。おぬしがもう少し世渡り上手であったならば、家禄が半分になるのも避けられたはず。我が家の惨状はひとえに、不器用なおぬしのせいじゃ」

「えっ、それがしのせいなのですか」

「わかっておらぬのか。ふん、さすが、のうらく者よのう。三十六にもなって、上役におべんちゃらのひとつも言えぬようでは、このさきがおもいやられるわ」

小言の嵐が過ぎるのを待ち、桃之進は切りだした。

「母上、本日は何故《なにゆえ》、それがしを仏間へお呼びになったのでしょうか」

「おう、そうじゃ。肝心なことを忘れるところであった。おぬしが出仕したのと入れちがいに、怒鳴《どな》りこんできた御仁《ごじん》があってな、根本彦四郎と名乗っておった」

「根本彦四郎どのでござるか」

聞いたことのある名だが、おもいだせない。

「大目付さまのご配下で、鉄砲改方の組頭を務めておられるそうな」

おもいだした。

道中手形を欲しがっていた八重の夫だ。

それに気づいた途端、心ノ臓がごとんと脈打った。

「面識はござりませぬ」

「されど、名は存じておろう」

「ええ、まあ」

「煮《に》えきらぬところをみると、やはり、あの男の言い分は正しいのやもしれぬ」

勝代の独《ひと》り言に首をかしげる。

「言い分とは、何でござりましょう」

「密通《みっつう》じゃ。根本どののご妻女とおぬしが密通している。その真偽を質《ただ》すべく馳《は》せ参じたと息巻いておったわ」

「……ま、まさか」

「濡れ衣か、あるいは何かのまちがいであろうと、絹ともはなしておったところよ」

「絹も存じておるのですか」

「まっさきに応対したのは、絹であったからの」

さて、困った。困る理由は何ひとつないのだが、頭のほうが混乱し、何をどう言い訳したらよいかの算段が立たぬ。

「ぬひひ」

勝代が気色悪く笑う。

「侍らしく真実をみとめ、腹でも切ってみせるか」

「母上、何を仰《おお》せになる。息子を信頼しておられぬのか」

「信頼のしの字も浮かべたことがないわ。それゆえ、申しておるのじゃ。根本某《なにがし》も言うておったぞ。『妻の申すことが真実なら、ふたつに重ねて四つに斬らねばならぬ』とな」

八重がみずから夫に密通を告げたと知り、桃之進の胸はざわめいた。

勝代は気にも留めない。

「根本なるもの、眼差しが常人のものではなかったぞ。あれは狂犬じゃな」

「母上、見も知らぬ者の世迷《よま》い事など、まともに受けとらぬようにお願いします」

「わたしは信じておらぬがな、絹も『火のないところに煙は立たぬ』と涙目で訴えておったことだし、ひとつ根本某を訪ねてみてはどうじゃ」

「それがしに、鉄砲改方のもとへ足労せよと」

「ずどんと筒を放つやもしれぬが、そのときはそのとき、おのれの不運を嘆くしかなかろうよ」

「それがしが死んだら、葛籠家はどうなるとおおもいなのです」

どうにでもなる。

引きこもりの息子か、不肖《ふしょう》の弟にでも継がせればよい。

「はなしはそれだけじゃ」

勝代はこちらに背を向け、ぎしぎし青竹を踏みつける。

足の裏の経絡《つぼ》でも刺激し、おおかた、八十、九十まで健《すこ》やかに長生きするのであろう。

いつまでも生きればよいさと、桃之進は胸の裡《うち》で毒づいた。

三

翌夕。

狸顔の安島に「小網町《こあみ》で鮟鱇鍋《あんこうなべ》でもいかがですか」と誘われ、西ノ丸を離れたその足で日本橋《にほんばし》へ向かった。

橋の上から赤富士《あかふじ》でも眺めようかとおもったが、空には灰色の雪雲が垂れこめている。風花《かざはな》も舞いはじめたので、襟《えり》を寄せて背を丸め、黒鷺《くろさぎ》のような足取りで日本橋川の手前までやってきた。

川に架かる江戸橋《えどばし》を眺めつつ、左手前の堀留口《ほりどめぐち》に架かった荒布橋《あらめばし》を渡る。渡ったさきの小網町一丁目には米問屋が蔵を並べ、鮟鱇を食わせる一膳飯屋《いちぜんめしや》は思案橋《しあんばし》寄りの一隅にあった。胡麻塩《ごましお》頭の主人が頭陀袋《ずだぶくろ》のごとき魚を吊るし切りにする。そんな光景を何度か目にしていた。

「鮟鱇は、とも和《あ》えにかぎりますな」

食通を気取る安島の顔が、深海に棲息する魚にみえてくる。

とも和えとは、茹《ゆ》でた身と肝《きも》を味噌《みそ》で和えた代物《しろもの》のことだ。

何しろ、酒がすすむ。

味をおもいだしただけで、じゅわっと唾《つば》が溜まってきた。

急いで橋を渡ったものの、何やら不穏な空気が漂っている。

「妙だな」

夕河岸《ゆうがし》の頃合いにもかかわらず、人影がなく、閑散としていた。
足を止めたところへ、乾いた筒音が響いてくる。
――ぱん、ぱんぱん。
咄嗟《とっさ》に身を屈めると、今度は地鳴りのような物音が聞こえてきた。
「ぬごおお」
人の声だ。
それも、ひとりやふたりではない。
思案橋の向こうから、刃物を手にした連中が忽然《こつぜん》とあらわれた。
暴徒だ。
「打ち壊しにござりますぞ」
安島が叫んだ。
踵《きびす》を返す暇もない。
橋を渡ってくる連中は野良着姿だが、刀を落とし差しにした浪人たちも混じっている。
通常の暴徒と異なるのは、火縄筒を抱えた者が何人もふくまれていることだ。
立ったまま無造作に筒を構え、こちらに向かって一斉《いっせい》に撃ちはじめる。

「伏せろ」
桃之進と安島は潰《つぶ》れ蛙《がえる》のように伏せた。
――ひゅん、ひゅん。
鉛弾は頭上を掠《かす》め、後ろに建つ蔵の土壁や扉を壊す。
首を捻って見上げれば、蔵の屋根看板に『幕府御用達《ごようたし》　美濃屋《みのや》』とあった。
どうやら、美濃の献上米《けんじょうまい》が納められた蔵らしい。
筒口はあきらかに、美濃屋の蔵に向けられていた。
筒音が鳴りやむと、暴徒たちが脇目も振らずに殺到する。
「それっ、扉を破れ」
力士のような大男が大槌《おおづち》を振りまわし、表の板戸をぶち破った。
閂《かんぬき》の錠《じょう》も壊し、石臼《いしうす》なみに分厚い扉を引きあける。
「ぬわああ」
野良着に捻《ねじ》り鉢《はち》巻《ま》きの連中が喊声《かんせい》を騰《あ》げ、蔵へ躍りこんでいった。
濛々《もうもう》と舞いあがる塵芥《じんかい》のなか、つぎつぎに米俵を運びだしてくる。
桃之進と安島は物陰に隠れ、打ち壊しの一部始終を眺めつづけた。
ずいぶん長く感じられたが、費やしたのはほんの半刻《はんとき》（約一時間）ほどであろう。

暴徒は米俵をあらかた運びだすと、潮が引くように消えてしまった。

と、そこへ、遅ればせながら町奉行所の捕り方どもがやってくる。

「それっ、遅れをとるな」

先頭で声を張りあげる若い同心には、みおぼえがあった。

北町奉行所の定町廻《じょうまちまわ》り、轟《とどろき》三郎兵衛《さぶろべえ》にほかならない。

無鉄砲で空回りの元気者だ。金公事蔵で悶々《もんもん》とした日々を送っていたとき、唯一、親しくつきあった若造だった。袖《そで》の下で生活《たつき》を立てる十手《じって》持ちにはめずらしく、純粋に悪を憎む高潔さを持っている。

「おい、三郎兵衛」

安島に呼びかけられ、三郎兵衛は険しい顔で振りむいた。

「あっ、安島さま。それに、葛籠さまも、かようなところで何をされておいでです」

「鮟鱇のとも和えでも食おうとおもうてな」

安島がへらついた調子で応じると、三郎兵衛は唾を飛ばす。

「何を惚《とぼ》けたことを」

「惚けてはおらぬ、まことのはなしだ。おぬしもいっしょにどうだ。とも和えは美味《うま》いぞ」

「美味いのは承知しておりますが、お役目がございます」

「暴徒は疾《と》うに逃げた。追っても無駄さ」

「目にされたのですね」

「一部始終をな」

「暴徒は長筒を携《たずさ》えておりましたか」

「ああ、携えておった。あやつら、葛籠さまとわしを的《まと》に掛けおったわ」

「暴徒の数は、どのくらいでしたか」

これには、桃之進がこたえた。

「存外に少なかったやもしれぬ」

「やはり、そうですか」

「と、言うと」

桃之進の問いに三郎兵衛は黙りこみ、そばに身を寄せて囁いた。

「外へは漏らさぬようにと命じられておりますが、葛籠さまには窮地を救っていただいた恩がございますゆえ、お教えいたします」

「もったいぶらずに、早く言え」

「はっ、じつは半月ほどまえから、西国の米を扱う下《くだり》米問屋だけを狙《ねら》う壊し屋どもが出没しておりまして、いずれも少ない数ながら、ご禁制の長筒を何挺《ちょう》も携えておるところが厄介《やっかい》なのでござります」

「確かに、長筒を携えておれば、打ち壊しをやらせる人の数は少なくて済むしな。それにしても、下米問屋だけ狙うとは、よほど米事情に通じておる者たちの仕業《しわざ》に相違あるまい」

「やはり、そうおもわれますか」

三郎兵衛によれば、今日もふくめて五軒の下米問屋が打ち壊しに見舞われており、その影響で下米の相場は鰻《うなぎ》登りに暴騰《ぼうとう》しているという。

「ことに、美濃米は上様がお口にされる御献上米ゆえ、米の高騰は幕府の台所にも響くとか。御勘定奉行から町奉行所へ、何とかせいと捻こまれるのは必定《ひつじょう》かと」

「ふむ、そうであろうな」

「されど、苦境こそが手柄をあげる好機にござる。それがしは今、暴徒どもが鉄砲を入手する道筋を探っております」

「ふうん」

安島が漏らす。

「葛籠さま、入鉄砲にござりますな」

何気ない台詞《せりふ》が、道中手形の発行を望んだ八重の顔を想起させた。

八重の主人は十里四方鉄砲改の組頭で、桃之進と妻の密通を疑い、わざわざ番町の家に怒鳴りこんできたのだ。

絹は昨日から、あきらかによそよそしい。

八重が西ノ丸へ再訪してこないことも気にはなっていた。

密通の誤解を解くためにも、根本彦四郎という鉄砲改方のもとを訪ねるべきだが、どうにも気が重い。

「葛籠さま」

「ん、どうした、三郎兵衛」

「それがしの申しあげたこと、他言無用に願います」

「ああ、わかった」

「では、これにて。お役目がござりますゆえ、失礼いたします」

三郎兵衛は生真面目《きまじめ》に礼をし、二、三歩進んで振りかえった。

「鮟鱇は手柄をあげた折りに、よろしゅうお願い申しあげます」

「馳走《ちそう》せよということか」

「はい」

「わかった、わかった」

面倒臭そうに応じると、三郎兵衛はようやく背を向ける。

「さて、まいりますか」

安島に促され、鮟鱇を食わせる見世《みせ》へやってきた。

胡麻塩頭の親爺《おやじ》が、ちょうど暖簾《のれん》を仕舞うところだ。

「おい、待て。暖簾をどうする」

慌《あわ》てた安島の問いに、親爺は困った顔をつくる。

「冗談じゃねえ。ご近所で鉛弾が飛びかったってのに、うかうかと暖簾なんぞあげてられませんや」

「情けないことを申すな」

「でえち、吊るし切りにする鮟鱇がござんせん。河豚《ふぐ》ならござんす。命懸けで食べると仰《おつしや》るなら、鉄砲鍋でもつくってさしあげやしょう」

「当たれば死ぬってことか。親爺め、洒落《しやれ》が効いておるな」

「どうなされやす。お見掛けしたところ、おふたりさんともご妻子がおありのようですが。無理にとは申しやせん。大黒柱を失ったご遺族に恨まれたら、こちとら、たまったもんじゃねえ」

親爺は暖簾を仕舞い、ふたりは見世に背を向けた。

安島はとぼとぼ歩きながら、橋向こうに顎をしゃくる。

「白い湯気《ゆげ》が揺れておりますぞ。夜鳴き蕎麦《そば》で我慢しますか」

「詮方《せんかた》あるまい」

川風に裾《すそ》をさらわれると、寒さがいっそう身に沁《し》みる。

桃之進は心悲《うらがな》しげにうなずき、思案橋を渡りはじめた。

四

さらに翌日、桃之進は覚悟を決め、下谷金杉《したやかなすぎ》にある十里四方鉄砲改方の屋敷へ向かった。

寛永寺《かんえいじ》を越えてさらに奥、江戸の外れと言ってもよかろう。

奥州《おうしゅう》へ向かう旅人を除けば、霜月《しもつき》の酉市《とりのいち》で鷲《おおとり》神社へ向かう連中か、吉原遊《よしわらゆう》郭《かく》へ繰りだす遊冶郎《ゆうやろう》くらいしか浮かばない。

左手の彼方に杏色《あんず》の夕陽が落ちると、辺り一帯は薄闇《うすやみ》に包まれた。

たいした勾配《こうばい》の坂でもないのに、やたらに息が切れる。

下腹をにゅっと摘《つ》まめば、大きな白玉ができた。

贅肉《ぜいにく》を削《けず》らねば、まともに闘うこともできまい。

根本彦四郎という「狂犬」に刀を振りまわされたときのことも考えておかねばならなかった。

あるいは、勝代の言うように、鉄砲で狙われるかもしれない。

いずれにしろ、鈍《なま》ったからだでは避けようもなかろう。

桃之進は腰に「宝刀」の孫六を差している。

しばらく抜いていないので、抜くことすらも不安だった。

道に沿って寺がつづき、寺の向こうには田畑が広がっている。

この辺りは鶯《うぐいす》の初音《はつね》で知られる根岸《ねぎし》の里にも近い。

名所細見《めいしょさいけん》にも載る御行松《ごぎょうまつ》でも見物してから行こうとおもったが、闇の深さに二の足を踏んだ。

右手の寺町を過ぎたところで、何棟かの武家屋敷があらわれる。

「ここか」

辻番《つじばん》の親爺に根本の名を出すと、すぐに家を教えてくれた。

武家屋敷の数は少ないので、すぐにそれとわかる。

訪ねてみると、根本は不在だった。

下男によれば、妻の八重も五日前から行方《ゆくえ》知れずだという。

桃之進は驚いた。

五日前と言えば、八重が道中手形を求めて西ノ丸へやってきた翌日である。侍女もともに消えたと知り、何やら申し訳ない気分になった。手形を渡さなかったのが失踪《しっそう》の理由と考えられなくもないからだ。

いずれにしろ、八重は夫の根本に桃之進のことを喋った。どんなふうに伝えたかは想像すべくもないが、根本彦四郎は妻の密通相手が桃之進であり、妻が家を出た原因にまちがいないと誤解し、番町の家へ乗りこんできたのだ。

「厄介なことになったたな」

八重の行方も気になるし、一刻も早く誤解も解きたい。

とりあえず、根本の帰りを待ってみようとおもい、桃之進は道を渡ったところにある居酒屋の暖簾を振りわけた。

淋《さび》しげに赤提灯《あかちょうちん》の灯《とも》った見世だが、客はけっこう集まっている。

しかも、侍が多い。この辺りには大名の下屋敷が点在しているので、夜な夜な勤番侍どもが集まり、安酒を酌《く》みかわしながら役目への不満や上役の悪口を肴《さかな》にしているのだろう。

床几《しょうぎ》の奥に座って熱燗《あつかん》を注文すると、衝立《ついたて》の向こうから勤番侍らしき連中の声が聞こえてきた。

「ああはなりたくない上役とは、説教好きの空威張《からいば》り野郎だな」

「細かい性分で、重箱の隅を突っついてばかりいる。さような輩《やから》も御免蒙《ごめんこうむ》りたいものよ」

「何と言っても最悪なのは、みずからは一滴も汗を掻かず、配下に面倒事を押しつける手合いさ」

「そういうやつにかぎって、掛けた梯子《はしご》を外す。いざというときに守ってくれず、責めはすべて配下に負わせ、手柄をあげれば横から掻っ攫《さら》っていく」

「鳶《とんび》に油揚げ、盗っ人猛々《たけだけ》しいとはそのことよ」

「まさに、われらの上役ではないか」

「ふむ。あやつめ、今宵《こよい》も自分だけ御用達に接待されておるわ」

「くそっ、大垣侍の風上にもおけぬ手合いじゃ。ひとつ、闇討ちでも仕掛けてやろうか」

しきりに愚痴《ぐち》を言いあう者が、四、五人いる。

近くに下屋敷を構える大垣藩戸田《とだ》家に仕える連中らしい。

大垣藩と言えば、美濃だな。

そうおもっていると、誰かが打ち壊しのことを喋りだした。

「美濃屋が打ち壊しに遭った一件、おぬしらも聞いたであろう」

「ああ、聞いた。ただし、暴徒にやられたのは捨て蔵のひとつ、美濃屋にすれば痛くも痒《かゆ》くもないわ」

「同じく打ち壊しに遭ったほかの四軒は、美濃屋と競合する下米問屋であったとか。いずれも廃業に追いこまれるほどの痛手を蒙ったらしいぞ」

「何せ、鉄砲が使われたというからな」

「暴徒を率いる浪人のなかに、われらの見知った顔があった。そんな噂も聞いたぞ」

「まことか」

「ああ、誰だとおもう。蛭川《ひるかわ》さ」

「もしや、正木《まさき》流の蛭川又兵衛《またべえ》か」

しんと、静まりかえる。

沈黙の意味するところはわからない。

ひとりが声をひそめて喋りはじめた。

桃之進は膝立ちになり、衝立に耳を寄せた。

「三年前、蛭川は館林《たてばやし》派の次席家老を襲って深傷《ふかで》を負わせ、切腹の沙汰《さた》が下りたにもかかわらず、捕り方の目を盗んで逃げた」

「あやつ、藤崎《ふじさき》派の飼い犬であったからな。次席家老の闇討ちは、藤崎さまの差し金ではないかと噂になったものじゃ」

「されど、蛭川から口上書《こうじょうが》きは得られず、藤崎さまはいっさいお咎《とが》めなしであった。蛭川ひとりが貧乏籤《くじ》を引かされたと、家中の者らは同情したものよ」

「その蛭川又兵衛が、何故、暴徒を率いておったのか」

桃之進にわかるはずもない。

ただし、事の筋書きは理解できた。

切腹の沙汰を受けた元藩士が暴徒を扇動し、大垣藩御用達の米問屋が所有する「捨て蔵」を襲わせたのだ。

ふいに、殺気が膨《ふく》らんだ。

藩士のひとりが立ちあがり、どんと衝立を蹴《け》りたおす。

「ふえっ」

桃之進は横転して難を避けたが、血走った眸子の藩士らに囲まれた。

ひとりが上から捻こんでくる。

「おぬし、盗み聞きしておったな」

「……と、とんでもない。誤解にござる」

「嘘《うそ》を申すな。間抜け面を晒《さら》しおって。何処《いずこ》の家中じゃ」

「お待ちくだされ。それがしは幕臣でござる」

「何っ、幕臣とな。さては、大目付の隠密《おんみつ》か。とてもそうはみえぬがな」

多勢に無勢で気が大きくなっているのか、平然と毒を吐きつづける。

少々腹も立ったが、刀を抜くわけにもいかない。

「隠密などと、めっそうもない。凍《こご》えた身を温めようと、たまさか見世にはいったまでのこと」

そう言って空《から》の銚釐《ちろり》を摘まむと、藩士たちは落ちつきを取りもどした。

「ふん、誤解されるようなことをいたすな」

「申し訳ござらぬ。されば、拙者《せっしゃ》は退散つかまつる」

「おう、去《い》ね去ね。二度と来るな」

ぺっと唾まで吐かれ、すごすご見世から逃げだした。

と、そこへ。

ひょろ長い月代侍がやってくる。

目つきが尋常ではない。

狂犬か。

擦れ違いざま、目と目が合った。

「おぬし、名は」

誰何《すいか》されて黙ると、先方から勝手に名乗る。

「わしは根本彦四郎、鉄砲改方を仰せつかっておる。旗本ぞ。ちと虫の居所が悪いのでな、気に食わぬ輩は斬ってすてるかもしれぬ」

気迫に圧され、応じることもできない。

「さあ、今度はおぬしが名乗る番じゃ」

根本は腰の刀に手を掛けた。

名乗った途端、斬りかかってくるほどの勢いだ。

いや、名乗らずとも、抜いてきそうな気もする。

迷っていると、根本は身に殺気を帯びた。

「どうした。蛇《へび》に睨まれた蛙《かえる》も同然か」

「さよう、蛙にござる。げろ、げろげろ」

機転を利かせて蛙の鳴き声をまねると、根本は鼻白んだ顔になった。

「莫迦め。蛙を斬っても、刀の錆《さび》にしかならぬわ。早々に去るがよい」

言われなくとも、そうする。

桃之進は踵を返すや、すたこら逃げだした。

五

煤払《すすはら》いも終わった十四日、葛籠家の女たちは正月の飾り物を買いに深川八幡宮《ふかがわはちまんぐう》へ出掛けた。

根本彦四郎が訪ねてきて以来、絹とは気まずいことになっている。

縁側の陽だまりで野良猫相手に寛《くつろ》いでいると、背筋に悪寒《おかん》が走った。

「風邪《かぜ》でもひいたか」

いや、そうではない。

振りかえると、廊下の片隅から誰かがじっと睨んでいる。

息子の梅之進《うめのしん》であった。

日がな一日自室に閉じこもり、難しい本を読みふけっている。何日も家の者と会話を交わさず、何を考えているのかもわからない。実子ではないという負い目でもあるのか、それとも、実母を奪われたことを恨みに感じているのか、いっこうに心を開こうとしなかった。

「梅之進」

呼びかけると、幽霊のように消えてしまう。

入れ替わりに、弟の竹之進《たけのしん》がやってきた。

「兄上、崖《がけ》っぷちに立たされておいでのご様子」

「何を言うか」

「母上に聞きましたぞ。鉄砲改方の奥方と密通されたそうで」

「からかうのもたいがいにせい」

「それがしはまだしも、梅之進は兄上を信用しておりませぬぞ。あやつに殺気を感じませぬか」

鋭く指摘され、桃之進は溜息を吐いた。

「梅之進にも困ったものよ」

「詮方ありませぬ。義姉《あね》上を娶られたときから、兄上を恨んでおるのです。一度腹を割ってはなすしかありませぬな。父と子の対話というやつでござるよ、くふふ」

「それができれば世話はない。わしのことより、おぬしはどうなのだ。毎日、何をしておる」

「はてさて。ご覧のとおり、部屋住みの穀潰しめにござります。強《し》いてあげれば、とんちき亭《てい》とんまの筆名で散文書きを。夜な夜な廓《くるわ》へ通う若旦那が行く先々で騒動を起こす下手くそな滑稽噺《こっけいばなし》にござります」

「こやつめ、それはわしが書いておる滑稽噺ではないか」

「さよう。兄上が野乃侍野乃介《ののじのののすけ》の筆名で書かれた散文でござる。何なら、知りあいの黄表紙《きびょうし》屋をご紹介しましょうか」

怒る気にもならず、桃之進は仏頂面になる。

五つ年下の実弟は、みずから進んで役に就く気もなければ、他家の末期養子《まつごようし》になる気もない。母親から甘やかされて育ったせいか、気楽な部屋住み暮らしを謳歌し、時折、酒に酔った勢いで奇行をはたらいては迷惑沙汰《ざた》を起こしてくれる。

「それがしはこれでも、兄上のことを案じておるのですよ。六つのとき、四つ辻で拐《かどわ》かされかけたことがありましたな。兄上は十一の小童《こわっぱ》であったにもかかわらず、勝手から出刃包丁を持ちだして人買いを刺しました。ふたりでその場を逃げだし、小舟で大川を遡《さかのぼ》りましたな。目を瞑《つむ》れば、今も大川の情景が浮かんでまいります。兄上には恩を感じておるのですよ。それゆえ、助けになりたい。じつを申せば、小梅《こうめ》とよりを戻しましてな」

「えっ」

「お忘れですか。『花籠《はなかご》』の芸者にございますよ」

忘れるわけがない。頰のふっくらした可愛《かわい》らしい娘で、化粧気はなくとも肌の白さが際立っていた。三年前に会ったときは十八だったが、大人びた色気を放ち、三味線を器用に爪弾《つまび》いていた。酒のほうも小粋な呑みっぷりで、男を立てすごす気《き》っ風《ぷ》のよい芸妓《げいぎ》であった。

竹之進は金もないのに、一時、敷居の高い柳橋《やなぎばし》の茶屋へ入り浸っていた。色《いろ》悪《あく》のような容姿とござっぱりした性分ゆえか、やたら商売女にもてる。小梅とは昵懇《じっこん》になったものの、何年もまえに喧嘩《けんか》別れしたと聞いていたのだ。

「色の道は深《ふこ》うござる。拙者が何なりとご指南いたしましょう」

「いらぬわ。穀潰しの指南など受けたくもない」

「そこまで仰るなら、退散いたしましょう」

竹之進はいったん去ったが、すぐに舞いもどってくる。

「兄上、民と名乗るおなごが表で取次を望んでおりますぞ」

「民だと」

「助けてほしい様子です。もしや、密通相手と関わりがあるのでは」

「うるさい、余計な口を挟むな」

痺《しび》れた足を引きずり、玄関へ向かった。

敷居の外に、民と名乗る女が立っている。

「おぬしは」

みおぼえがあった。

道中手形を欲していた八重の侍女だ。

「ご無礼も顧《かえり》みず、訪ねてまいりました」

民は申し訳なさそうに一礼し、泣き顔をつくった。

「奥さまを、八重さまをお助けいただけませぬか」

「いったい、どうされた」

「道中手形をいただきにあがった翌日、家を出ておしまいになり、それ以来、府内を転々と彷徨《さまよ》い、手持ちのお金も尽きてしまわれました。二日前から、水以外は何もお口にされておりませぬ」

「まことか、それは」

「はい」

「頼りにできる親戚か知りあいはおらぬのか」

「奥さまにも、わたしにもおりませぬ。誰ひとり頼るお方もないまま、溜池《ためいけ》のそばにある古びた御堂に軒を借り、震えておりましたところ、ふと、奥さまが葛籠さまのお名を漏らされたのでござります。『あのお方はお優しい眼差しをしておられた。葛籠さまなら、助けていただけるかもしれぬ』と」

迷惑なはなしだが、頼られて悪い気もしない。

「よう、ここがわかったな」

優しく応じてやると、民は涙を拭いて微笑《ほほえ》んだ。

「古本屋さんに武鑑《ぶかん》をお借りし、調べさせていただきました」

どんなもんだいと胸を張られても、苦笑するしかない。

「今から、ごいっしょしていただけませぬか」

断ることもできず、桃之進はうなずいた。

廊下で聞き耳を立てていた竹之進が、大笊《おおざる》に入れた里芋《さといも》や大根を携えてくる。

「兄上、これをお持ちくだされ」

「お、すまぬ」

大笊を小脇に抱え、民の背中に従《つ》いて冠木門の外へ出た。

ちょうどそこへ、正月飾りを携えた女たちが戻ってくる。

「あっ」

桃之進と絹が同時に叫んだ。

民は壁際に身を寄せたが、怪しい動きにしかみえない。

「芋だの大根だのを抱えて、何処へ行かれるのです」

勝代が厳しい口調で糺してきた。

応じられずに黙っていると、竹之進が後ろから声を張りあげる。

「母上、例の密通相手が餓《う》えかけておいでとか。どうか、兄上を行かせてやってくだされ」

「何ですと」

絶句する勝代の後ろで、絹は顔を真紅《しんく》に染める。

怒っているのか、恥ずかしいのか、判別もできない。

勝代は眦を吊りあげた。

「もうすぐ陽も落ちると申すに、得体の知れぬおなごのもとへ参るのか」

「事情はのちほど、ご説明申しあげます」

桃之進は必死にこたえたが、勝代は相手にしない。

「ふん、言い訳なぞいらぬわ。そのまま帰ってこずともよいぞ。さあ絹さん、家にはいりましょう」

「はい、義母上《ははうえ》」

絹の後ろに従いた娘の香苗《かなえ》が、汚いものでもみるような目を向ける。

「おいおい、それはなかろう」

おもわず口走った桃之進の背中を、竹之進がぐっと押した。

「兄上、早くお行きなされ。あとは拙者にお任せを」

誰よりも任せたくない相手を、今は頼るしかない。

「葛籠さま、早く早く」

不幸を運んできた民も、塀際から手招きしてみせた。

「間が悪いとはこのことよ。されど、行かずばなるまい」

と、おのれに言い聞かせ、大股で一歩踏みだす。

何ひとつやましいことはないのに、桃之進は越えてはならぬ一線を越えた気分になっていた。

六

民に連れていかれたさきは溜池の南、麻布谷町《あざぶたに》の一角だった。

夕暮れになると人影もみあたらぬ暗い谷間に雑木林があり、その奥に朽《く》ちかけた阿弥陀堂《あみだどう》が佇《たたず》んでいる。

山狗《やまいぬ》の群れが徘徊《はいかい》しそうなところだ。

「よくぞ、恐ろしくないな」

大垣藩の上屋敷が近いので、ふたりとも地の利があるという。

八重は七つまでを国許の大垣で過ごし、江戸勤番となった父に従いて上屋敷内で十七まで暮らしたのち、縁あって幕臣旗本の根本家へ嫁いだ。嫁いで二年になるが、子はいない。

民は幼少のころから八重といっしょに育ち、片時も離れずにいるという。

あらかじめ用意した提灯を灯し、枯れ枝を踏みつけて進んだ。

御堂は蛻《もぬけ》の殻《から》で、裏手のほうから炎の爆《は》ぜる音が聞こえてくる。

脇道からまわりこむと、焚火《たきび》のそばに水桶《みずおけ》が置かれ、薄い襦袢《じゅばん》姿の八重が濡れた黒髪を梳《す》いている。

「いけませぬ、みてはいけませぬ」

慌てる民に制され、桃之進は目を背《そむ》けた。

手には野菜の載った大笊のほかに、こちらへ来る途中で仕入れた米と味噌を抱えている。

「民どの、鍋はあるのだな」

「はい」

「ならば、粥《かゆ》でも作ってさしあげてくれ」

「承知しました」

民は手際よく支度《したく》をし、鍋を火に掛けて湯を沸かしはじめる。

一方、八重は見繕《みづくろ》いを済ませ、こざっぱりした顔で近づいてきた。

「葛籠さま、おいでくださったのですね」

眸子をきらきら輝かせ、気丈な台詞を吐く。

面はさほど窶《やつ》れていない。初めて会ったときより、美しさが研《と》ぎすまされたようにも感じられた。

気の利いた返答もできずにいると、八重がつんと袖を引いてくる。

「さあ、御堂のなかへ」

「ふむ」

狭い御堂の四方には手燭《てしょく》が灯され、床には茣蓙《ござ》が敷かれていた。

屋根は一部壊れているものの、雨風をしのぐことはできそうだ。

「十《とお》に満たぬころ、民と御上屋敷を抜けだし、何度かここにまいりました。隠れん坊をして遊んだのです」

「なるほど、それで恐くないのか」

「山狗の遠吠えすらも懐かしゅう感じます」

「頼もしいな」

「国許にいるころは、一日じゅう野山を駆けまわっておりました」

「ほう」

「子どもは男女の別なくおおらかに、それが父の育て方でした。揖斐《いび》川の上流で年上の男の子らと泳ぎを競い、みずから捕まえた鮎《あゆ》を川原で焼いて食べたりもしました。目を瞑れば、美濃の美しい山河が浮かんでまいります」

瞼《まぶた》の裏に焼きついた風景のまんなかには、かならず、父のすがたがあった。

「母はわたしを産んだあと、産後の肥立ちがわるくて亡くなりました。父は後添えも娶らず、男手ひとつでわたしを育ててくれたのです」

「そうであったか」

父に抱く娘のおもいの深さが、ひしひしと伝わってくる。

民が鍋を抱えてきた。

「八重さま、芋粥でござります」

立ちのぼる湯気で、御堂の内が白く煙った。

「さあ、遠慮なくお食べなさい」

桃之進がすすめると、八重は民の盛った欠け椀《わん》を手に取る。

最初は遠慮がちにしていたが、空腹には勝てぬのか、口をはふはふさせながら必死に粥を啜《すす》りはじめた。

「美味しゅうござるか」

「はい、とっても」

生きかえった心地になったのだろう。

頰を紅に染めて恥ずかしがる顔が、何とも言えず愛らしい。

足労してよかったと、桃之進はあらためておもった。

しばらくは会話もなく、粥を啜る音だけが響いた。

ようやく落ちついたところで、八重は苦々しげに口を開いた。

「これも宿縁とあきらめておりましたが、不幸は根本家へ嫁いだその日からはじまりました」

根本彦四郎は善人の皮をかぶった狼のごとき男で、酒を呑むと酒乱の様相を呈し、八重にたいして撲《なぐ》る蹴るの暴行をくわえることもあったという。

それでも、八重は父の教えを守り、けっして弱音を吐かなかった。

「『白無垢《しろむく》は喪服《もふく》にほかならず、嫁いだその日から父を他人とおもえ』というのが、厳格な父の教えにござりました」

が、ついに我慢の限界を超えた。

原因となったのは父の死だった。

「じつを申せば、父は切腹したのでござります」

「えっ」

大垣藩の勘定奉行、藤崎大膳《だいぜん》にたいする抗議の切腹であったという。

「父御はたしか、勘定吟味役であられたな」

勘定奉行の不正を監視する役目である。藤崎なる勘定奉行は藩の有力な御用達商人と結託し、さまざまな不正に手を染めていた。それを知った八重の父は不正の証拠を集めようとしたが、勘の鋭い藤崎は巧みに逃れたので、切腹という最終手段を講じるしかなかった。

「藤崎派の者たちが裏で手をまわし、切腹はなかったことにされました。父の死は、おおやけには病死と記録されております。わたしは父の死を予感しておりました。なぜなら、遺言状を託《たく》されていたからにござります」

「遺言状」

「はい。『万が一のときは、遺言状を読め。ただし、誰にもみせてはならぬ。みずから国許へ向かい、国家老の多治見刑部《たじみぎょうぶ》さまに遺言状をお渡し申しあげ、多治見さまからお殿さまへご注進いただくように』と、さように言いつけられておりました」

「もしや、それが道中手形を欲された真の理由であったのか」

八重はうなずき、桃之進は低く唸った。

「父の遺言ゆえ、おみせすることはできませぬが、遺言状には藤崎派の悪事が連綿と綴《つづ》られております」

「藤崎派」

そう言えば、下谷金杉の居酒屋で大垣藩の連中が「藤崎派」のことを喋ってい
た。

米蔵襲撃の暴徒を率いる「蛭川又兵衛」なる脱藩者が、三年前に「館林派の次席家老」の暗殺を目論《もくろ》んだ「藤崎」の子飼いであったという。「藤崎」とは、八重の父が糾弾《きゆうだん》しようとした勘定奉行の藤崎大膳なのかもしれない。

そのあたりを糺すと、八重は遠い目をしてみせた。

「藤崎派と館林派の反目には、根深いものがござります」

大垣藩戸田家の現当主である戸田氏教《うじのり》は、上野国《こうずけのくに》館林藩を治めた松平武元《たけちか》の五男である。松平武元は、将軍吉宗、家重《いえしげ》、家治の三代にわたって仕え、長らく老中首座を任されたほどの大物だった。

氏教は今から十八年前、戸田家の娘婿となるにあたり、出身元の館林藩から有力な家臣団を引きつれてきた。その家臣団が「館林派」にほかならず、新興勢力ながら藩政を牛耳《ぎゆうじ》るようになった。これに対抗する旧勢力が実力者である藤崎大

膳を神輿《みこし》に担いで「藤崎派」を形成し、爾来《じらい》、双方は何かにつけて反目しあっているのだという。

八重はそうした藩の派閥事情を説き、藤崎がおのれの地位を保つためにどれだけの不正をおこなっているのかを述べた。

もっともわかりやすい不正は藩費の架空計上により、私腹を肥やすべき金を捻出する操作である。たとえば、それは「参勤交代費用」や「御当主御手許金」などといった名目で帳簿に記載され、物資を調達する商人たちに金を支払ってなくても支払ったようにみせかけてあった。

一連の不正には藤崎の意を汲んだ御用商人が深く関わっており、それが誰であるのかもわかっているという。

八重は怒りで頬を紅潮させ、核心となるはなしを語りはじめた。

「わたしが夫のもとを離れようとおもったのは、遺言状にその名をみつけたからにほかなりませぬ」

「と、言うと」

「夫の根本彦四郎には、公儀の御納戸蔵《おなんどぐら》にある鉄砲を横流ししている疑いがございます」

公儀の御納戸蔵に納められる鉄砲は、関八州の領内から「鉄砲狩り」で集められたものだった。大半は古い形の火縄筒で、仕入れ代は一銭も掛かっていない。しかも、小役人の裁量で数はいくらでもごまかすことができる。

遺言状によれば、組頭の根本彦四郎は鉄砲を藤崎と関わりの深い御用達商人に横流しすることで小銭を稼いでいる節があるという。

「何故、秘かに鉄砲を購入するのか。これも不正の一環であるということ以外、目途《もくと》はあきらかにされておりませぬ。ただ、父はわたしの夫が悪事に関わっていることを伝えたかったのです。そして、そのような夫のもとへ嫁がせた不甲斐《ふがい》ない自分を責めておりました」

勘定吟味役の白鳥内記は上役である藤崎大膳の不正に気づき、糾弾すべき証拠を集めはじめた。ところが、敵に気づかれてしまい、確乎《かっこ》とした証拠を握ることができなかった。それゆえ、みずからの命と引換えに遺言状というかたちで悪事を白日の下に晒そうと考えた。

八重の父は「岩のごとき厳格さ」と評される忠臣であり、それだけの人物がしたためた遺言状ならば、国家老も当主も無視することはできない。八重が無事に国許へ帰り、父の望んだ役目を果たすことができれば、藤崎大膳が藩の白洲《しらす》で裁かれる公算は大きかった。

とは言うものの、桃之進の手には余る。

弱ったなというのが、正直な気持ちだ。

八重は膝を躙りよせてきた。

「この江戸で頼ることのできるお方は、葛籠さましかおりませぬ。ご無礼の段は重々承知のうえ、背水の陣を敷くつもりで、夫に葛籠さまのことを告げました」

「……な、何と告げたのだ」

驚いて声を震わせると、八重は潤んだ瞳でみつめ返した。

「葛籠さまには、誰よりもだいじにおもっていただいている。事と次第によっては同じひとつ屋根の下で暮らすことになるやもしれぬゆえ、三行半《みくだりはん》を書いてほしい。そう、夫に頼みました」

「……ま、まことかよ」

狼狽《うろた》える桃之進に向かって、八重は頭を垂れる。

「どうか、お許しを。身勝手な振るまいであったことは、重々承知しております。されど、すべては夫と別れたいがための方便なのでございます」

「方便か」

「はい」

きっぱり返答され、少しばかり残念な気持ちになった。

八重は懸命にはなしつづける。

「嫁入りの際に預けた二百両は返済せずともよいので、三行半と道中手形に必要な添え状だけがほしいと涙ながらに訴えたところ、夫は激昂《げっこう》して刀を抜きました」

「さもあろう」

八重は命からがら逃げ、民の導きで朽ちかけた御堂へやってきたのだ。

「藁《わら》をも摑《つか》むおもいで、葛籠さまのもとへ民を使いに出したのでございます。何卒《とぞ》、道中手形を頂戴つかまつりたく存じまする。わたしや亡き父にとって、いえ、大垣藩にとっても、葛籠さまは一縷《いちる》の望み、藁なのでございます」

「……わ、わしは藁なのか」

頼むべき内容の濃さにくらべて、扱いがあまりに軽すぎる。

拍子抜けした気分にさせられつつも、桃之進は懐紙《かいし》を小さく切って四角にし、鶴を折りはじめた。

八重も民も興味津々の体《てい》で覗きこむ。

桃之進は鶴をひっくり返し、尻の穴から息を吹きこんだ。

存外に手先が器用で、今しも飛翔しそうな純白の鶴ができあがる。

「すまぬ。これを手形の代わりとおもって、受けとってくだされ」

「まあ、可愛い」

八重は桃之進から鶴を手渡され、悲しげに微笑んでみせた。

七

踏みこむか、踏みこむべきでないか、悩んでも決められない。

八重を信じたいのは山々だし、どうにかして助けたいが、今の情況で道中手形を発行するわけにはいかなかった。

ともあれ、悪事の裏を取らねばとおもいつつ、何もできずに三日経った。

桃之進は何故か、猛烈にからだを鍛えている。

芥坂を上っては下り、木刀を血豆が潰れるまで振りつづけた。

目に浮かぶのは、涙を浮かべながら懇願する八重の顔だ。

が、家で殺気を放つのは、絹にほかならない。

絹はそもそも、日本橋の呉服問屋から葛籠家へ嫁いできた。旗本の正妻にしたいと願った物好きな父親が、娘に三百両の持参金を付けたのだ。若い時分は小町娘と評判をとっただけあって縹緻《きりよう》はよく、四十手前でふたりの子持ちにしては肌も艶《つや》めいている。

当初は遠慮《えんりよ》もあった。「嫂のわたくしを捨てずにいてくれるのですね」とか「世間体もお気になさらず、わたくしのような者を好いてくれるのですか」などと、しおらしいことも言ったが、今はちがう。亭主を立てすごす気配は失せ、姑の勝代といっしょになって甲斐性の無さを嘆いている。

「何故、木刀を振るのですか」

怒ったように問われても、確たる返答はできない。

何か事を為そうとするとき、桃之進はいつも唐突に走りだし、腕がちぎれるほど木刀を振りつづけてきた。

腹のだぶついたからだでは、いざというときに糞《くそ》の役にも立たぬことはわかっている。からだをとことんいじめぬくことで、精神に張りを取りもどそうと目論んでいるのだ。

「そのお方のこと、好いておられるのですね」

ぽつんと漏らす絹の台詞に、はっとさせられた。

そうなのかもしれぬ。八重によくみられたいがために、からだを鍛えはじめたのかもしれぬ。男とはそういうものだ。あなたしか頼るお方はいないと告白されたら、全身全霊でこたえたくなる。

桃之進の脳裏には、強敵の輪郭がおぼろげに浮かんでいた。

事と次第によっては、刀を抜かねばならぬ場面が出てくるやもしれぬ。

抜かぬに越したことはないが、みじめな死に様だけは晒したくなかった。

いずれにしろ、何を言っても言い訳にしか聞こえぬので、絹のまえでは黙《だんま》りを決めこむしかない。

つくづく、自分の不器用さに嫌気がさした。

好き勝手に生きる竹之進が羨《うらや》ましい。

その竹之進は「兄上は軽い火傷《やけど》をしたにすぎぬので、大目にみてやってほしい」などと、殊勝《しゅしょう》な態度で勝代や絹を諭している。

火に油を注ぐようなもので、子どもたちも呆れて目も合わせてくれぬ。

先代から仕える下男の伝助《でんすけ》は「若、ご無理をなされますな」と笑った。

もちろん、若い時分のように高く飛べぬことはわかっている。

わかってはいても、やればできるということを証明したいのだ。

「まだできる、わしはできる」

桃之進は何度もつぶやきながら急坂を上り、その勢いのまま暮れなずむ日本橋の小網町へ向かった。

鮟鱇を食わせる見世へ踏みこむと、狸顔と馬面が奥の床几で鍋を突っついている。

「おっ、来られましたな」

箸《はし》を持った安島が、屈託のない笑みを浮かべた。

「お命じのとおり、おなごたちは芳《よし》町の仕舞屋《しもたや》へ匿《かくま》いましたぞ」

「ん、それは済まぬ」

「一刻も早く道中手形をと泣きつかれましたが、しかとは返答しておりませぬ。この情況で発行すれば、葛籠さまの首が飛びましょうからな」

「わかっておるではないか」

「助けてやるのは、悪事のからくりが判明してからでも遅くはござりますまい。それにしても、この一件の事情を探って、いったい、われらに何の益があるのか。それを今、馬淵ともはなしておったところで」

桃之進は、細い眸子をひん剝いた。

「利で動くのか。おぬしらはいつから、そうなったのだ」

「ふふ、最初《はな》からでござりますよ。三年もおつきあいして、今ごろおわかりですか」

うっかり者にみえる安島は金公事方として桃之進の配下になる以前、北町奉行所の人足寄場《にんそくよせば》に詰めていた。

あるとき、水玉《みずたま》人足が殺された一件を調べてゆくなかで、人足頭とつるんで私腹を肥やす与力の存在に気づき、厳しく追及する姿勢をみせた。それが裏目に出て、役目を干されたのである。「爾来《じらい》、不運つづきで、挙げ句の果てには、西ノ丸の隅っこへ追いやられました」と自嘲《じちょう》するものの、禄を貰えるだけまだましとあきらめてもいるようだった。

一方、眠ってばかりいる馬淵は奉行直属の隠密廻りとして、酒の密造や古鉄売買や抜け荷といった悪事の探索をおこなっていた。あるとき、根津《ねづ》の岡場所《おかばしょ》を取り締まる警動《けいどう》に絡《から》み、元凶と目された元締めを取り逃がした一件を調べるなか、奉行所のお偉方が元締めから多額の賄賂《まいない》を受けとっていたことをつきとめた。

保身に走ったお偉方の差し金で馬淵は役を奪われ、金公事蔵へ封じこめられたのである。それきり、周囲のみなから忘れさられてしまったが、安島とちがって慌てず騒がず、ぶつぶつ文句を言うでもなく、拗《す》ね者のように黙りをきめこんでいた。

日頃のぐうたらぶりからは想像もつかぬが、ふたりとも筋を通そうとしたがためにに役目を奪われた。そして何の因果か、金公事蔵が閉鎖となってのち、西ノ丸へ異動となった。

種を明かせば、桃之進が上役の漆原帯刀に両手をついて頼んだのである。

それを知ってか知らずか、ふたりは救われたことを恩に感じているふうでもなく、牙《きば》を抜かれた狼の体《てい》で暇を託《かこ》っていた。

安島の態度が気にくわぬのか、桃之進はいつになく粘った。

「おぬしらを見放さなかった理由がわかるか。それはな、おぬしらが利ではなく、情で動くとおもうたからだ。金公事蔵におったころは、苦楽をともにしたではないか。わしはな、おぬしらに絆《きずな》のようなものを感じておった。それゆえ、西ノ丸へ連れていこうと決めたのだ」

「ぬふっ」

安島は鼻で笑った。

「情だの絆だのと、葛籠さまらしくないことを仰りますな。小役人は所詮《しょせん》、小役人でござるよ。長いものに巻かれ、隠居までつつがなく過ごす。それ以外に望みはござりませぬ」

「まあ、それはそうであろうがな」

「されど、何かの拍子に、木《こ》っ端《ぱ》役人の地位を擲《なげう》って、面倒な人助けをしたくなるときがござります。たとえば、見目のよいおなごに泣きつかれたときなどは、そうでしょうな。そのおなごが、質《たち》の悪い亭主から撲る蹴るの暴行を受けて困っているとしたら、何とかしてやろうとおもいましょう。されど、本気で動くかどうかは、また別のはなしにござる」

桃之進は眉根《まゆね》を寄せた。

「おぬしはいったい、どんなときに本気を出すのだ」

「強いて申せば、怒りを感じたときでしょうか」

「怒り」

「はい。世に蔓延《はびこ》る悪事不正、理不尽なおこないに関しては、一毫《いちごう》たりとも容赦することはできませぬ」

安島は小鼻をおっ広《ぴろ》げ、大見得《おおみえ》を切ってみせる。

さきほどまでとは別人だった。

桃之進はおもわず、ぱんと膝を打つ。

「それだ、安島。怒れ、もっと怒るのだ」

「ぬふふ、そう簡単にはいきませぬ」

安島は不敵に笑い、銚釐《ちろり》から直に酒を呑んだ。

黙って鍋を突っついていた馬淵が、おもむろに喋りだす。

「葛籠さま、お命じどおり、それがしは根本彦四郎を見張っておりました。今宵あたり、怪しい動きがござろうかと」

「おっ、そうか」

馬淵は七方出《しちほうで》とも七変化《しちへんげ》とも称する変装の名人で、山伏《やまぶし》や虚無僧《こむそう》にも行商や猿廻《さるまわ》しにも、あるいは物乞いにも早変わりする。ただ、蟒蛇《うわばみ》の安島とちがって酒は一滴も呑めず、酔っ払いや酒乱のまねだけは不得手だった。

「よろしければ、今からごいっしょなされませぬか」

「えっ、今からか、鮟鱇はどうする」

不満げに発したところへ、胡麻塩頭の親爺がやってきた。

「おまちどおさま、鮟鱇のとも和えでごぜえやす」

すかさず、安島が立ちあがる。

「後顧《こうこ》の憂いは案ずるにおよばず。とも和えは拙者が平らげておきましょう」

「こやつめ」

口惜しくとも、瘦《や》せ我慢をする。

それが桃之進という男であった。

八

十里四方鉄砲改方組頭の根本彦四郎は、大川を眼下にのぞむ柳橋の茶屋にいた。

馬淵の予感どおり、夜になって怪しい動きをみせたのだ。

桃之進たちは根本が下谷金杉の家から外に出てきたところを尾《つ》け、華やかな灯りに彩られた柳橋までやってきた。

落ちあった相手は商人で、年恰好から推《お》すと使用人のようだった。

根本と商人は宴席もそこそこに茶屋から出ると、船着場に待たせてあった屋根《やね》船《ぶね》に乗りこんだ。

「まずいな。大川へ漕ぎだすぞ」

桃之進が囁くと、馬淵は焦る様子もなく手招きしてみせる。

船着場の端に小舟が繫《つな》がれており、老いた船頭が煙管《キセル》を燻《くゆ》らせていた。

知らぬ間に交渉を済ませ、待機させておいたのだ。さすが、元隠密廻りだけのことはある。

しばらくすると、根本と商人を乗せた屋根船は桟橋から離れた。

桃之進と馬淵を乗せた小舟も、暗い川面へ音も無く滑《すべ》りだす。

亥《い》ノ刻（午後十時頃）は疾《と》うに過ぎていた。

船頭の吐く息は白く、向かい風は身を切るほど冷たい。

「向こうは屋根があるからいいな」

震える声で愚痴を吐いても、馬淵は相槌《あいづち》ひとつ打たない。

鼻先を赤くさせて身じろぎもせず、寒さに耐えている。

屋根船は岸辺に沿って南下し、鉄炮洲《てっぽうず》のさきで舳先《へさき》をかたむけた。

「桟橋へ向かうらしいな」

慎重に追っていくと、合図の灯りがみえた。

夜空には満月があり、遠目でも桟橋の様子はわかる。

根本と商人は屋根船から降りた。
桟橋には細長い荷船が繫がっており、荷役らしき者たちの人影もある。
商人は荷船に積まれた荷を確かめると、桟橋で待つ根本のそばへ近づいた。
包みのようなものを渡している。
「金だな、ありゃ」
老いた船頭がつぶやいた。
浅瀬に棒を刺し、小舟を纜《ともづな》で器用に繫ぎとめている。
煙管を燻らして口を挟むすがたが、どことなく頼もしい。
「人目を忍んで買わねばならぬ荷ということさ」
桃之進が応じてやると、船頭はふうっと紫煙を吐きだす。
やがて、商人を乗せた荷船だけが桟橋を離れた。
根本は背を向け、砂浜の暗がりへ消えてしまう。
「荷船を追ってくれ」
馬淵が追加の手間賃を払うと、老いた船頭は気怠《けだる》そうに小舟を進めた。
左手に佃島《つくだじま》の島影がみえる。
河口から内海へ繰りだすと、潮の香りが濃くなった。

波も出てきたが、前方の艫灯《ともあか》りを頼りに進むしかない。

浜御殿《はまごてん》のそばを通りすぎ、高輪《たかなわ》の縄手に沿って漕ぎ進んだ。

——ざぶん。

やにわに、横波が襲ってくる。

「うわっ」

海水を頭からかぶり、ずぶ濡れになった。

「掻きだせ、早く掻きだせ」

船頭の濁声《だみごえ》に煽られ、馬淵は手桶で水を掻きだす。

桃之進は艫灯りを見失ったが、船頭は冷静だった。

「平気さ。ほら、行き先がみえてきた」

静まった波の狭間《はざま》に、荷船の艫灯りがみえた。

浅瀬には海苔《のり》を育てる篊《ひび》が築かれている。

大森《おおもり》海岸のあたりであろうか。

「鈴《すず》ヶ森《もり》だ」

と、船頭は苦々しげに吐きすてた。

腕のように伸びた一本松が目印だという。

重罪人を処刑して生首を晒す刑場にほかならない。

行き先に見当をつけ、手前の海岸へ舳先を向けた。

岸まであと少しという辺りで、船頭は弱音を吐く。

「浅瀬に乗りあげちまう。これ以上は勘弁してくれ」

仕方なく、馬淵と海へ飛びおりた。

二刀を頭上に掲げて胸まで浸り、どうにか砂浜へたどりつく。

馬淵は素早く流木を集め、焚火を築きはじめた。

大きな岩のようにみえるのは、西国雄藩の蔵屋敷であろうか。

蔵屋敷のおかげで、栈橋からは死角になっている。

火を焚《た》いても、気づかれる恐れはあるまい。

褌《ふんどし》一丁で両手を火に翳《かざ》していると、馬淵のすがたが消えた。

栈橋へ様子を窺《うかが》いにでもいったのだろう。

ほどなくして、小脇に長いものを携えてくる。

「鉄砲ではないか」

「荷船に積まれた荷にござります。おそらく、公儀の御蔵から持ちだされたものではないかと」

五挺ずつ納められた箱が、少なく見積もっても二十箱はあったという。

「しめて百挺か。かなりの数だな」

半乾きの着物のまま、桃之進も桟橋へ向かった。

大きな流木の陰に寝そべって覗いてみると、件《くだん》の商人が荷役たちに指図を繰りだしている。

荷役は七、八人おり、いずれも動きは緩慢《かんまん》だった。

鉄砲の詰まった木箱は大八車《だいはちぐるま》に移されたのち、岸辺から街道のほうへ運ばれていった。

節《ふし》くれだった松の影がみえる。

その手前には、断罪された咎人《とがにん》の首を晒す台があった。

――うおおん。

耳に飛びこんできたのは、屍肉《しにく》をあさる山狗どもの遠吠えであろうか。

大八車を追っていくと、街道の手前で荷役の押し手がひとり転んだ。

緩やかな坂道なので、ほかの連中は立ち往生する。

――ひゅん。

松並木のほうから細長いものが伸び、転んだ男の首に巻きついた。

「鎖だ」

桃之進は前のめりになる。

鎖はぴんと張り、荷役の首を絞めあげた。

「ぬぐ、ぬぐぐ」

ひょろ長い侍が木陰からあらわれ、両手で鎖を手繰《たぐ》りよせていく。

首を絞められた荷役は、すぐさま動かなくなった。

鈍い音が聞こえたので、首の骨が折れたのかもしれない。

「使えぬ者はああなる。くふふ、生き残った者は取り分が増えるぞ」

不敵に笑う侍の風体を、桃之進は脳裏に焼きつけた。

「あれは正木流の鎖術ですな」

馬淵が、ぽつりとこぼす。

――正木流。

何処かで耳にした流派だ。

「大垣藩の御留《おとめ》流でもござります」

「ん、おもいだした」

下谷金杉の居酒屋で、大垣藩の連中が喋っていた。

「下米問屋を襲った暴徒は、正木流を修めた大垣藩の元藩士に率いられておった。元藩士の名はたしか、蛭川又兵衛」

「打ち壊しに関わった暴徒らは、鉄砲を使っておったと聞きました」

「さよう」

もしかしたら、根本が横流しした鉄砲が使用されたのかもしれない。

鎖で荷役を虫螻《むしけら》も同然に殺《あや》めた男こそ、鎖使いの「蛭川某」なのではあるまいか。

「それがしは、あの商人を追ってみます」

馬淵は囁き、さっと離れていった。

ひとり残された桃之進は、くしゃみを必死に我慢する。

大八車は街道の向こうへ遠ざかっていった。

満月は叢雲《むらくも》に隠れ、砂浜一面は暗くなる。

漆黒《しっこく》の闇に白波だけが閃《きらめ》く光景は寒々しい。

鉄砲改方の夫と女手形を求める妻、横流しされた鉄砲を買う商人と暴徒を率いる元大垣藩士、別々に関わってきた出来事が一本の串で貫かれようとしている。

みずから望んだことではないが、串の正体を見極めぬわけにもいくまい。

脳裏に浮かんだのは、涙を溜めて感謝する八重の顔だ。

やはり、逃れられぬか。

「ぶえっくしょい」

覚悟を決めた途端、桃之進は大きなくしゃみを放った。

九

翌夕。

芝居《しばい》町と隣接する芳町の一隅に、名の知れた女形《おやま》の営む陰間《かげま》茶屋がある。

安島は色街の裏事情に精通しており、いざというとき役に立った。

「昔取った杵柄《きねづか》にござる」

誘われた陰間茶屋の離室《はなれ》に、八重と民は匿われている。

「ここなら、亭主も嗅ぎつけることはできますまい」

「ふむ、そうだな」

黒く塗られた木戸を開けると、若衆髷《わかしゅまげ》の陰間があらわれた。

堂々とした物腰から推すと、茶屋を仕切っている若者らしい。

「おや、安島の旦那。そちらが例の、のうらく者」

「これ、無礼であろう。葛籠さまは百五十石取りのお旗本であられるぞ。風采のあがらぬ木っ端役人にしかみえぬがな、まことはできるお方なのだ。少しは気を使え」

「てへっ、すみません。ともあれ、どうぞ。おふたりさんがお待ちかねですよ」

「飯はちゃんと食べておるのか」

「そうりゃもう。遠慮知らずもよいところで。おひつ代をいただかないことには割に合いませんよ」

　安島は皮肉をこぼされ、ぎろりと眸子を剝いた。

「危ういところを何度も助けてやったろう。おぬしが茶屋をつづけていられるのは、誰のおかげだ」

「何度か警動の報《しら》せはいただきました。感謝しておりますよ。されど、もう五年以上前のはなしにございます。いい加減、勘弁してくださいな」

「いいや、勘弁ならねえ。何しろ、これは隠密御用だ。葛籠さまはこうみえても、公儀の密命で動いておられる。ないがしろにしたら、あとで痛《いて》え目をみるぜ」

「はいはい、承知しましたよ」

ふたりの掛けあいは、三河万歳《みかわまんざい》のように息が合っている。

桃之進は廊下にあがり、陰間につづいて離室へ向かった。

すでに馬淵の探索で、根本彦四郎から鉄砲を買った昨夜の商人は美濃屋の番頭であることが判明している。

名は喜平《きへい》といい、主人である美濃屋庄兵衛《しょうべえ》の懐刀《ふところがたな》らしい。

おおかた、危ういことはすべて任されているのだろう。

部屋にはいると、八重と民は双六《すごろく》をして遊んでいた。

「あっ、葛籠さま」

八重は桃之進を見上げ、悪戯《いたずら》をみつけられた女童《めわらべ》のごとく顔を赤らめる。

「双六か、楽しそうだな」

「暇潰しにござります。道中手形をいただければ、すぐにでも江戸を発つ所存でおりまする」

手形の発行はまだできぬと言いかけ、桃之進は溜息を吐いた。

「発行したいのは山々だが、そのまえにいろいろ調べねばならぬことがあってな」

「悪事のからくりにござりますね」

「ようわかっておるではないか」

ただし、桃之進が今から喋ろうとする内容は、八重の父が託した遺言状にも記されていないことだった。

「おぬしの亭主はたしかに、公儀の御納戸蔵に納められた鉄砲を横流ししておった。買っていた相手は、大垣藩御用達の下米問屋だ」

「美濃屋でござりますか」

遺言状に「美濃屋」の名は記されていないものの、八重はおおよその見当をつけていた。

「御用達の下米問屋と申せば、飛ぶ鳥を落とす勢いの美濃屋しか浮かびませぬ」

「ご献上米で潤っておるようにみえて、その実、台所は火の車らしくてな」

美濃屋が御用達になったのは、藩内の派閥争いが激化した三年前であった。大垣藩の重臣たちに大金をばらまき、念願のお墨付きを取得したのだ。

おそらく、そのときに勘定奉行の藤崎大膳とも繋がったと考えられる。

藤崎の後ろ盾を得てご献上米御用を仰せつかってからも、陰に日向《ひなた》に多額の賄賂を要求された。稼いだそばから金が湯水のごとく出ていくので、美濃屋は手っ取り早く金儲《かねもう》けする方策を捻りださねばならなかった。

「そこで考えついたのが、暴徒を雇ってみずからの蔵を襲わせるという筋書きだ」

「まさか」

「信じられぬかもしれぬが、美濃屋が鉄砲を買った目途はそれしかない。美濃屋の番頭から鉄砲を受けとったのは、勘定奉行の藤崎子飼いの元大垣藩士でな、名は蛭川又兵衛と申すのだ」

おおかた、蛭川は藤崎から内々に命を受け、金で雇った暴徒たちに美濃屋の蔵を襲わせたのだろう。暴徒に鉄砲を持たせたのは、少数でも派手な演出ができるからだ。美濃屋の狙いは、打ち壊しによって大きな被害を受けたと、江戸じゅうに印象づけることにほかならなかった。

調べてみると、蔵を襲わせたほかの下米問屋はみな、美濃屋の競争相手だった。打ち壊しが五件もつづけば、米相場は鰻登りにあがる。そんなことは火を見るよりも明らかで、それこそが美濃屋の狙いであった。

暴徒に襲われた以上、売り惜しんで蔵に米が貯えてあるとは考えられず、公儀の調べがはいることもない。ところが、軽微な被害で済んだ美濃屋の蔵には、じつは米俵がぎっしり貯えてあった。

「頃合いをみて一気に売りにだせば、とんでもない利益が転がりこんでくるというわけさ」

「あくどいことを考えつくものですね」

「美濃屋ひとりの智恵《ちえ》ではあるまい。大物の狐と額を寄せあい、姑息《こそく》な手法を練りあげたのだ」

「狐とは大垣藩の勘定奉行、藤崎大膳のことでしょうか」

「そのとおり。おぬしの亭主は小銭欲しさに、藤崎と美濃屋が仕組んだ悪事に加担した」

繰りかえすようだが、鉄砲狩りで集められた鉄砲は古いものが多いので、溶かしたり穴に埋めたりして処分される。どうせ処分されるなら売りつけてやろうと、根本は考えたにちがいない。

調べてみると、根本は大垣藩に出入りする大身旗本の分家にあたっていた。その縁で八重も嫁がされたのだが、一方では大垣藩の暗部とも裏で通じていたのだ。何故、八重に暴力をくわえていたのかは定かでないが、多少なりとも罪の意識にさいなまれていたのかもしれない。そのあたりは憶測の域を出なかった。

八重は辛い日々をおもいだし、涙を流しはじめる。

桃之進の胸は痛んだ。

「八重どの、悪事の筋書きはわかったし、悪党の顔ぶれも揃《そろ》った。されど、藤崎大膳を白洲に引っ張りだすだけの証拠はない」

「父の遺言状がござります」

「さよう。八重どのの父御が命と引換えに記した遺言状こそが、唯一の切り札となり得よう。戸田家のお殿さまの目に触れることさえできれば、藤崎と美濃屋は厳しく詮議されるであろうからな」

「一刻も早く、江戸を発たねばなりませぬ」

「それよ」

桃之進は西ノ丸留守居の秋山頼母に談判し、許しを得たいとおもっていた。

しかし、秋山はただの一度も西ノ丸の御用部屋へ顔を出したことがない。神無《かんな》月《づき》十日、深川の金比羅明神《こんぴらみようじん》の大炊《おおた》きだしに駆りだされた際、たった一度だけ目にしたことがあった。

髪は雪をかぶったように白く、ぴんと張った鼻髭《はなひげ》までが白かった。

桃之進が盛ってやった木椀を手に取り、ひとことだけ「今日も非番か」と言い捨てるや、返事も聞かずに踵を返してしまった。

矍鑠《かくしゃく》として去りゆく後ろ姿が、今も瞼の裏に焼きついている。

それ以来、会ってもいない。

用人の下村久太郎《しもむらきゅうたろう》が、時折、つまらぬ手伝い働きの命令を携えてくるだけで、ほとんど飼い殺しのような日々がつづいていた。

したがって、望みはきわめて薄い。

秋山との面談を下村に申し入れても、要領を得ぬこたえが返ってくるだけのことであろう。

上役の許しが得られなければ、みずからの一存で手形を発行するしかない。

だが、それは御役御免の覚悟でも決めぬかぎり、できない相談だった。

やはり、今の段階で道中手形を発行するわけにはいかない。

桃之進が悩んでいると、八重が気の抜けるような台詞を吐いた。

「何やら、甘いものが食べたくなりました」

感情が昂《たか》ぶると、甘いものを欲するらしい。

「そう言えば、辻角に正月屋《しょうがつや》がありましたぞ」

安島が余計なことを口走ると、八重は目を輝かせた。

「お汁粉《しるこ》ですね。葛籠さま、食べに行ってもよろしいですか」

「えっ」

「お願いします」

手を合わせて拝《おが》まれたら、拒《こば》むわけにもいかぬ。

「まあ、少しくらいなら平気だろう」

八重は民を連れ、勇躍、部屋を飛びだしていった。

「囲いの内から逃げだしたかったのでございましょう」

安島の言うとおりであろうが、一抹の不安は拭《ぬぐ》えない。

四半刻《しはんとき》（約三〇分）ほど経っても、ふたりは帰ってこなかった。

桃之進は心配になり、茶屋の外へ出てみた。

露地《ろじ》裏は薄暗いものの、日没までには間がある。

どうしたわけか、表口に弟の竹之進が立っていた。

「ふふ、兄上も隅に置けませぬな」

「おぬしは何を言っておる。何故、こんなところにおるのだ」

「隠さずともよいのですよ。例のおなごを囲っておいでなのでしょう。たまさか芝居町でお見掛けし、おもしろそうだから尾いてきたのですよ。母上や義姉上には告げ口いたしませぬゆえ、ご安心を」

桃之進は、ずいっと身を寄せた。

「竹之進よ」

「はい、何でしょう」

「一発、撲らせてくれぬか」

拳を固めたところへ、民が血相変えて駆けこんできた。

「葛籠さま、たいへんです。八重さまが……し、汁粉屋で……お、お殿さまに拐かされました」

「何だと」

心ノ臓を鷲掴《わしづか》みにされた気分になった。

民の言う「お殿さま」とは、根本彦四郎のことだ。

八重に逃げられたのを根に持ち、執念深く捜していたにちがいない。

桃之進は立ちくらみをおぼえたが、どうにか踏んばりつづけた。

十

夫の根本彦四郎は、どうやって八重の居場所を知ったのか。

桃之進も安島も充分に警戒していたので、感づかれるはずはなかった。

考えられる唯一の原因は竹之進である。

根本は桃之進を妻の密通相手と疑い、番町の家を秘かに見張っていた。怪しい動きをみせた竹之進のあとを尾けたところ、芳町の隠れ家へ導かれたのだ。それ以外には考えられない。

さっそく竹之進を呼んで叱りつけると、謝るどころか「腹でも切りましょうか」と開きなおってみせ、何処かへ消えてしまった。

不幸中の幸いというべきは、八重が機転をはたらかせ、父の遺言状を民に預けていたことだ。おかげで、遺言状まで相手の手に渡らずに済んだ。八重が遺言状のことを告白すれば、根本は悪事の露見を恐れ、是が非でも手に入れようとするだろう。そうなれば、遺言状を使って八重の身柄を救えるかもしれない。

桃之進は一縷の望みを抱きつつ、西ノ丸の御用部屋へ向かった。

どうしたわけか、御納戸口には米俵が山積みにされ、七つ口の辺りが騒がしい。

大奥の表使が般若のような形相で「米じゃ、米を御膳所へ運びこめ」と叫び、御広敷の小者たちが米俵を担いでいく。

肩を叩かれたので振りむくと、安島が立っていた。

「米俵は本丸からまわされてきたらしいですぞ。ご献上米のおこぼれでござる」

「どういうことだ」

市中の米不足が深刻になり、米相場が鰻登りにあがりはじめたのだ。

公儀は何と、ご献上の美濃米を通常の三倍の値で買わざるを得なかった。

「まだまだ、米の値はあがりますぞ。まさに、美濃屋の思惑どおりというわけでござる」

桃之進は渋柿でも食ったような顔になり、七つ口の喧噪《けんそう》に背を向けた。

御用部屋へ踏みこむと、馬淵のすがたはなく、しょぼくれた老臣が居眠りをしている。

秋山家の用人、下村久太郎であった。

秋山頼母は留守居であるにもかかわらず、西ノ丸へ出仕してこない。

理由は判然としないが、何故か、辞めさせられずにいる。

ひょっとしたら、公方《くぼう》直属の密命を帯びているのかもしれないと、桃之進は勝手におもってみたりもした。

いずれにしろ、下村はいつも面倒な命を携えてくる。

桃之進はうんざりしたが、胸の裡を面《おもて》に出すようなまねはしなかった。

「下村さま、お起きくださいい。葛籠桃之進にござります」

下座に腰を落ちつけると、下村は細い目を開けた。

「眠ってなどおらぬぞ。おぬしらの気配は、先刻から察しておったわ」

「これは失礼つかまつりました。それで、本日はいかような御用で」

「烏賊《いか》ようも、蛸《たこ》ようもあるまい。のうらく者のおぬしらがちゃんとやっておるかどうか、たまには見届けにこぬとな」

「それだけにござりますか」

「莫迦を抜かすな、それだけのはずがあるまい。御納戸口に積みあげられた米俵を目にしたであろう。近頃は、阿漕《あこぎ》な米問屋の米の売り惜しみが目に余る。ことに、西国米を扱う下米問屋のやり口は許せぬ。噂では、わざと暴徒に蔵を襲わせておいて米不足を印象づけ、米相場をあげようとする不届きな輩もおるとか」

桃之進と安島は、驚いて顔を見合わせた。

下村の言う「阿漕な米問屋」とは、美濃屋のことにほかならない。

「そこでな、おぬしらにもひと肌脱いで貰って、米不足を煽る悪党どものことを調べてほしいのじゃ」

俄然《がぜん》、桃之進は前のめりになった。

「下村さま、調べるのは吝《やぶさ》かでござりませぬ。されど、何故、女手形を発行する役目のわれわれが、不当な米問屋を調べるのでござりましょうか」

「ふふ、それか。じつはな、大奥のとあるお偉方から、そのように指図があったのじゃ。七面倒臭い指図じゃが、秋山さまとしても捨ておくわけにはいかぬ。大奥の女官たちは気位が高いゆえな、とりあえず調べたというかたちだけでも整えておかねばならぬのさ」

「かたちを整えるだけでよろしいので」

「まあ、そうじゃ。不正を暴くのは、町奉行所の役目じゃからな。町奉行所を追いだされたおぬしらにできようはずもなかろうし、最初から期待もしておらぬ。余計なことはせず、ただ、不正のからくりを文字に記して上申いたせばそれでよい」

上申書をつくるだけならば、半刻足らずで仕上げられる。

桃之進はこれを好機と捉《とら》え、道中手形の発行を許可してもらおうとおもった。

「下村さま、じつは旗本の妻女で、手形を欲する者がひとりございます」

「ふん、何のはなしじゃ」

「阿漕な米問屋とも密接に関わる内容ゆえ、しばらく拙者のはなしをお聞きいただけませぬか」

「かいつまんではなすがよい」

「はっ、されば」

桃之進はつっかえながらも、八重が西ノ丸へやってきた日からの経緯《いきさつ》を語った。

下村は眸子を瞑り、道端に佇《たたず》む石仏のごとく身じろぎもせずに耳をかたむける。

そして、はなしが終盤にはいったころ、すうすう寝息を立てはじめた。

「こりゃ駄目だな」

後ろに控える安島がこぼす。

桃之進はそれでも、一抹の期待を寄せていた。

「下村さま、お起きください」

「ん」

下村は目を開け、ふわっと欠伸《あくび》をする。

「はなしはわかった」

「えっ、仕舞いまで聞いておられたので」

「あたりまえだ」

「されば、道中手形のほうはお許しいただけましょうか」

「許すも何も、本人は拐かされたのであろう。ならば、渡しようもなかろうが」

「八重どのを助けたいと存じます」

下村は睨みつけてくる。

「何故じゃ」

「えっ」

「たとい過酷な情況であったにせよ、夫婦は夫婦じゃ。妻は夫のもとへ戻った。それで、何故、何の関わりもない小役人のおぬしが助けねばならぬのじゃ。それでも、どうあっても助けたいと申すのならば、よほどの理由があるのだろうと勘ぐられても仕方あるまいぞ」

すかさず、安島が口を挟む。

「恐れながら、葛籠さまと八重どのは夫の根本彦四郎から密通を疑われております」

「何じゃと」

下村の口から、入れ歯が飛びだす。

安島は、したり顔でつづけた。

「無論、やましいことはひとつもないと、葛籠さまは仰せです。されど、そばにおる拙者でも、にわかにそのことばが信じられませぬ。家のみなさまが疑うのも無理からぬはなし。みずからに着せられた汚名を晴らすためにも、ここはひとつ、葛籠さまを男にしていただけませぬか。不肖安島左内、一生に一度のお願いにござりまする」

桃之進は振りむき、平伏《ひれふ》す配下のすがたを呆然とみつめる。

すると、下村の口からおもいがけない返答があった。

「葛籠、よい配下を持ったな」

「へっ」

「おぬしも武士の端《はし》くれなら、おのれに着せられた汚名を晴らしてみせよ」

「……ど、どういうことにござりましょう」

「八重と申すおなごを助けるのは許す。ただし、道中手形の発行は許さぬ。何となれば、一藩の浮沈にも関わる重大事に繋がる恐れがあるからじゃ。重臣の勘定奉行が不正をはたらいていることが表沙汰になれば、大垣藩とて無事では済むまい。木っ端役人の手には余ることゆえ、この件については大目付なり目付なりの指図を仰がねばならぬ」

「お待ちを。大目付や目付の知るところとなれば、それこそ事が大きくなってしまいませぬか。ここは八重どのを信じ、お父上の遺言状が無事に国許へ届くよう、秋山さまの御一存で道中手形を与えるべきかと存じまする」

「おぬしは阿呆《あほう》か。さようなことをすれば、秋山さまのお立場が危うくなるのだぞ。間抜けな配下のせいで御役御免にでもなったら、目も当てられぬわ。よいか、おなごを助けるのは、おぬし自身のためじゃ。わしはな、正直、おぬしが羨ましい。密通してでも、おなごに惚れる。若いころは、そんな気持ちにもなった。あのころに戻ることができるなら、わしは死んでも本望じゃ。ゆえにな、助けることを許した。これはわしの俠気《きょうき》ぞ。感謝いたせ」

わけがわからぬ。安島が余計なことを言ったせいで、はなしの収拾がつかなくなった。

八重を夫のもとから救えば、阿漕な連中のことは放っておいてよいのだろうか。

「放っておくしかあるまい。ま、事の成り行きで、放っておけぬようになるやもしれぬがな。ふふ、いずれにせよ、おぬしの周囲で何が起ころうとも、わしは見ざる聞かざるを決めこむしかあるまい」

桃之進は小役人だけに、保身に走りたがる小役人の気持ちがよくわかる。

もはや、何を言っても無理だとあきらめ、黙って平伏するしかなかった。

数刻ののち、釈然としない気持ちを抱えたまま、番町の家に戻った。

玄関で迎える者とてなく、女たちの態度はあいかわらず刺々《とげとげ》しい。

縁側に座って庭を眺めていると、勝代が青竹を小脇に抱えてやってきた。

「桃之進、何を落ちこんでおる。人の妻と密通する暇があったら、素振りでもやりなされ」

「はあ」

「父の教訓をおぼえておいでか。病のせいで右肩があがらぬようになっても、亡くなる直前まで左手一本で刀を抜く稽古《けいこ》をつづけておられた」

おぼえている。

幼い桃之進に剣術のいろはを叩きこんでくれたのは、誰あろう、父の松之進《まつのしん》であった。父の編みだした左手の逆手早抜きは「袖振り《そでふり》」と命名され、接近戦で威力を発揮する必殺技となった。

桃之進も父に倣《なら》い、脇差を使ったこの技を習得している。

「さあ、気合いを入れるがよい」

勝代のことばにしたがい、桃之進は木刀を抱えて裸足《はだし》で庭へ飛びおりた。

「えい、たあ」

掛け声も高らかに、木刀を振りはじめる。

勝代は眸子を細め、青竹を踏みつけた。

そのとき。

――ひゅるる。

鏑矢《かぶらや》の矢音が響き、柱の上に一本の矢が突きたった。

「ひゃっ」

勝代が青竹を踏みはずし、縁側にひっくり返る。

ぶるぶる震える矢先には、文《ふみ》が結ばれていた。

「すわっ」

桃之進は裸足のまま、冠木門から外へ飛びだす。

だが、一歩遅く、矢を放ったとおぼしき者の人影は四つ辻の向こうに消えたあとだった。

十一

溜池、馬場《ばば》。

――暮れ六つ（午後六時頃）までに遺言状を携え、溜池馬場へ来い。

矢文はまちがいなく、夫の根本彦四郎が放ったものだ。

やはり、八重に遺言状のことを告げられ、是が非でも手に入れようとおもったのだろう。

遺言状に藤崎大膳の名が記されていることを知り、押《お》っ取《と》り刀で藤崎や美濃屋のもとへ走ったのかもしれない。そうなれば、蛭川又兵衛あたりが刺客《しかく》として差しむけられる公算も大きかった。

いずれにしろ、用心するに越したことはない。

桃之進は腰の孫六を触り、ぶるっと身震いしてみせた。

夕暮れになると、馬場の周囲には人っ子ひとりいなくなる。

溜池の縁《ふち》には鶴が降りたち、餌《えさ》の泥鰌《どじょう》をついばんでいた。

桃之進のすがたは、灌木《かんぼく》の点々とする枯れ野の端にある。

「八重どの……」

苔生《こけむ》した馬頭《ばとう》観音を撫《な》で、野面《のづら》に一歩踏みだした。

一心不乱にからだを鍛えてきたせいか、肩や腿《もも》に痛みがある。

「莫迦め」

痛みなど、どうだっていい。

八重を救いたい一心でやってきたのだ。

まさか、こんな気持ちになろうとは、当初は想像もつかなかった。

波風の立たぬ日常を望み、知らぬ間にそれがあたりまえになっていた。

出世争いも役目替えも他人事《ひとごと》にすぎず、何があっても動じぬ癖もついたし、喜怒哀楽を面に出さぬ術《すべ》もおぼえた。まかりまちがっても、妙齢のおなごに惹《ひ》かれたり、ましてや、命懸けで救う情況に身を投じることなどあり得なかった。

「夢かもな」

雲の上を歩いているような心地だ。

「いかん、いかん」

正気に戻らねばならぬ。

根本の性分からしても、桃之進と八重を生かしておくつもりはあるまい。

いずれにしろ、生死を賭けた勝負になる。

こちらの切り札は、白鳥内記のしたためた遺言状だ。

しかし、懐中に携えてきたのは本物ではなかった。指定された刻限まで少しばかり猶予《ゆうよ》があったので、桃之進は写経でもするかのように遺言状を写しとり、偽物を携えてきた。

ひとりで来いという指図を律儀《りちぎ》に守り、誰にも行き先を告げてこなかった。

安島と馬淵が助っ人に来ることはなかろう。

「ふん、助っ人などいらぬわ」

強がりを吐いてみたが、枯れ野に佇んでみると不安は募った。

やがて日没となり、狐色の野面は一瞬にして燃えあがる。

狼狽《うろた》えてしまうほど美しい景観だった。

骨のごとく枝の伸びた灌木の後ろから、人影がひとつあらわれる。

根本だ。

蒼白《あおじろ》い顔が歪《ゆが》んでみえ、上目遣いの眼差しには狂気を宿している。

八重のすがたは何処にもない。

「こっちへ来い」

桃之進は手招きされ、十間《じっけん》（約十八メートル）ほどの間合いまで近づいた。

「おぬしが葛籠桃之進か」

「いかにも」

「風采のあがらぬ男ではないか。八重は面食いであったに。いったい、おぬしのどこに惚れたのか。見目でないとすれば、心の持ちようか。おぬし、他人の妻を口説きおとす名人芸でも持っておるのか」

煩《わずら》わしいので黙っていると、根本のほうから喋りだす。

「八重は生かしておいたぞ」

顎をしゃくったさきの木陰から、髭面の薄汚い浪人があらわれた。

馬の轡《くつわ》でもとる要領で、後ろ手に縛られた八重を引きずってくる。

うつむいているので表情はわからぬが、憔悴《しょうすい》しているのはあきらかだ。

「死なぬ程度に折檻《せっかん》してやった。おぬしの出方次第では、どうにでもできる。その浪人は辻強盗で生活を立てておってな、おなごひとり殺めるはぞうさもない。

さあ、遺言状を寄こせ」

「八重どのの身柄と交換だ」

「よし。浪人をそちらへやる。遺言状をそやつに渡せ」

「承知した」

髭面の浪人は八重を引きずり、こちらへやってくる。

左手を差しだすので、偽の遺言状を渡してやった。

浪人が右手を放すや、八重はその場にくずおれる。

「八重どの」

急いで駆けより、肩を抱きおこした。

八重は薄く目を開け、桃之進をみつけて涙ぐむ。

「……ま、まさか、助けにきていただけるとは……か、かたじけのう存じます」

一方、根本は浪人に手渡された遺言状に目を通していた。

「ふうん、ようできておるではないか。記された内容は真実だ。されど、この遺言状は偽物だな。ふん、墨の乾き具合でわかるわ」

根本は灌木の後ろに引っこみ、火縄筒を二挺抱えてくる。

「遺言状など偽物でもかまわぬ。おぬしを誘いだす方便にすぎぬゆえな」

「どうする気だ」

桃之進の問いに、嘲笑《あざわら》ってみせる。

「きまっておろう。ふたりとも、あの世へ逝《い》ってもらう」

「やはり、そうきたか」

「古い火縄だが、手にしっくりくる。ふふ、覚悟せい。わしの腕前は猟師なみでな」

根本は立った姿勢で筒を構え、すぐさま、引鉄《ひきがね》を絞った。

——ずどん。

無造作に撃たれた鉛弾が、桃之進の鬢《びん》を掠めていく。

「ほう、動じぬか。たいした度胸だ。されど、二発目は外さぬぞ。おぬしの顔を半分にしてくれる」

根本は身構えた。

刹那《せつな》。

——びゅん。

弦音《つるおと》とともに、矢が飛んでくる。

「ぬぐっ」
根本は後ろに飛ばされた。
右臑《みぎすね》を矢に貫かれている。
弓を引いた人物が、右手の藪陰《やぶかげ》から立ちあがった。
馬淵である。
助っ人に来てくれたのだ。
「……うう、くそっ」
それでも、根本は伏せたまま筒を構えた。
桃之進はさっと両手を広げ、八重を背中に庇《かば》う。
──ずどん。
筒音とともに、根本の顔が吹っ飛んだ。
筒が暴発したのだ。
焦臭《きな》さが立ちこめた。
──ぴゅっ。
髭面の浪人が、指笛を鳴らす。
灌木の陰から、仲間の浪人どもが飛びだしてきた。

おおかた、美濃屋に雇われた連中であろう。

「斬れ、ひとりも逃すな」

「ぬおっ」

数は五人、一斉に刀を抜いた。

馬淵は弓を捨て、応戦すべく躍りだす。

「しゃらくせえ」

反対の藪陰からは、安島も飛びだしてきた。

浪人どものなかへ素手で突っこみ、白刃を避けてひとりを担ぎあげるや、地べたに叩きつける。

一方、馬淵は刀を抜くや、峰に返してひとりの首筋を叩いた。

「うっ」

残った浪人どもは行く手を阻まれ、一歩も動けない。

頼り甲斐のある連中だ。

「任せたぞ」

桃之進は八重の手を握り、踵を返して駆けだす。

浮きたつ気持ちを抑えきれない。

だが、不幸は唐突に訪れた。

——じゃらん。

馬頭観音の陰から、鎖が伸びてきた。

避ける間もなく、首に搦《から》みつく。

「ぬわっ」

と同時に、地べたに引き倒された。

「葛籠さま」

叫んだ八重の顔が逆さになる。

「ぬぐっ」

鎖で首を絞められ、息もできない。

投じた者の正体はわかっていた。

蛭川又兵衛である。

身を隠し、好機を窺っていたのだ。

遺言状を手に入れ、関わった者たちの命を奪う気にちがいない。

鎖は弛《ゆる》まず、跫音《あしおと》だけが近づいてくる。

もはや、逃れられぬ。

遠のく意識のなかで、死を覚悟した。

「葛籠さま……」

呼んでいるのは、八重ではない。

「……桃之進、起きよ、桃之進」

父だ。

遙《はる》かむかしに亡くなった父の松之進が、ぬっと顔を近づけてくる。

「こっちに来るのは、まだ早いぞ……おもいだせ、無心の一刀じゃ」

幼いころ、父は「おぬしは筋がいい」と褒めてくれた。

そのときの喜びが甦《よみがえ》ってくる。

鎖がわずかに弛んだ。

目を開くと、蛭川の醜い顔が上から覗きこんでいる。

「木っ端役人め、あの世へ逝くがよい」

右手が動かぬのは、足で踏みつけられているせいだ。

蛭川は薄く笑い、煌めく白刃を振りかぶる。

刹那、桃之進は左手で脇差を抜いた。

――しゅっ。

逆手に握った脇差が、蛭川の胸を一文字に裂く。

「あぎゃっ」

と同時に、夥《おびただ》しい返り血を顔に浴びた。

蛭川が覆《おお》いかぶさってくる。

「うえっ」

すでに、息はない。

屍骸《むくろ》であった。

「葛籠さま、ご無事ですか」

八重がふらつきながらも、身を寄せてくる。

桃之進は重い屍骸をどかし、何とか起きあがった。

「拙者は無事でござる」

「……よ、よかった」

八重は安堵したのか、へなへなとくずおれる。

この身を案じてもらったことが、何よりも嬉《うれ》しい。

桃之進は八重を抱きおこし、馬頭観音に両手を合わせた。

十二

数日後、いよいよ年の瀬も迫り、府内一円は雪の衣を纏った。

安島が「たまには手柄を立てさせてやりますか」と言うので、北町奉行所の轟三郎兵衛に悪事のからくりをはなし、美濃屋庄兵衛と番頭喜平の身柄を拘束させた。そして、ふたりを別々にし、白鳥内記の綴った遺言状の写しをみせ、責め苦を与えた。すると、ふたりは米相場を高騰させるべく、暴徒にわざと蔵を襲わせたと告白し、裏事情がことごとくあきらかになった。

美濃屋の口書に基づき、大垣藩勘定奉行の藤崎大膳が藩から詮議を受けることになったのは言うまでもない。

「おそらく、蟄居《ちっきょ》ののちに切腹の沙汰が下されましょう」

安島は自分の手柄のように胸を張ったが、上役である秋山頼母への報告は桃之進の役目である。

暴徒に流れた鉄砲の入手経路を解明し、鉄砲改方の根本彦四郎に引導を渡すとともに、藤崎大膳の子飼いだった蛭川又兵衛も成敗した。秋山から下された命は阿漕な米問屋の不正を調べることであったが、桃之進たちはやるべきことの何倍もの成果をあげたと言ってもよい。

「褒められこそすれ、よもや、叱られることはござりますまい」

安島からも自信をもって送られたが、報告の場に秋山のすがたはなく、代わりに用人の下村久太郎があらわれ、秋山のことばを伝えた。

「出る杭は打たれるゆえ、自重せよ」

「えっ、それだけでござりますか」

「それだけじゃが、文句でもあるのか」

「……い、いいえ」

秋山頼母とは、どうやら、配下のやる気を殺《そ》ぐことに長《た》けた人物らしい。

桃之進はがっくり肩を落としたが、欲しかった褒美を貰うことはできた。

褒美とは、手形である。

御用部屋へ戻ってみると、八重と民が首を長くして待っていた。

こたびの礼を述べるとともに、晴れて道中手形を貰いにきたのだ。

桃之進が手形を渡してやると、八重は満面に笑みを浮かべてみせた。

「この日をどれほど待ち望んだことか」

「待たせてすまなんだな」

八重が携えた遺言状は、藤崎大膳の悪事を裏付ける証拠となろう。

さらには、腹を切って上役に抗議した父の忠節を主君に印象づけるものとなるにちがいない。

桃之進は道中の無事を祈りつつも、一抹の淋しさを感じていた。

手形さえ授ければ、もはや、会う理由はなくなってしまう。

おそらく、八重との縁は今日で切れよう。

それがわかるだけに、淋しいのである。

御用部屋から去る後ろ姿を見送り、何とも切ない気分になった。

「鮟鱇鍋でもどうです」

安島は気を遣ってくれたが、誘いに乗る気にもならない。

しょぼくれたすがたで夕暮れの町を歩き、番町の隘路《あいろ》を抜けて家へ戻る。

すると、めずらしく家の連中が出迎えてくれた。

「お戻りなされませ」

絹が笑顔をかたむけ、二刀を預かるべく袂《たもと》を差しだす。

子どもたちも、父親の権威を保つ程度にお辞儀《じぎ》をした。

極めつきは、弟の竹之進である。

白い襷《たすき》掛けであらわれ、めずらしいものをみせたいので勝手のほうへ来いという。

みなと連れだってぞろぞろ向かうと、大きな魚がおどろおどろしい様子で天井からぶらさがっていた。

「鮟鱇か」

桃之進の顔が、ぱっと明るくなる。

「いかにも、鮟鱇の吊るし切りにござる」

竹之進は出刃包丁を握り、器用に鮟鱇をさばいていく。

「見事じゃな」

勝代が目を細めた。

「能ある鷹《たか》は爪を隠すと申します」

竹之進は得意げに応じ、包丁を頭上でくるくるまわす。

兄の密通を疑って、少しは申し訳ないとおもったのであろう。

勝代が、たった今おもいだしたように喋りだす。

「じつは今朝方、白鳥八重どのと名乗る方がおみえになり、事の経緯を詳しくはなしていかれたのですよ」

　なるほど、それでみなの誤解が解けたのだ。

「密通は酷い亭主から逃れる方便だったと聞き、さもあろうと納得いたしました。おぬしのごとき風采のあがらぬのうらく者に、妙齢のおなごが惚れるわけがない。惚れたとすれば、魔が差したとしか言えぬと、みなで噂しあっておりましたから。ねえ、絹さん」

「はい、義母上。やはり、桃之進さまは桃之進さまであられました」

　いったい、わしは何なのだと反発したくなったが、今宵ばかりは何を言われても許してやろうとおもった。

「さあ、お酒の燗をいたしましょう」

　絹は朗《ほが》らかに言いはなち、てきぱきと動きだす。

　じわりと、嬉しさが込みあげてきた。

　燗酒は寒い日に呑むからこそ美味い。

　家族のありがたみも同じで、冷たい仕打ちがつづいたからこそ、実感できるのかもしれなかった。

「兄上、鮟鱇のとも和えをつくりましたぞ」

竹之進が小皿を差しだした。

「どれ」

箸の先端で掬《すく》い、ぺろりとひと舐《な》めする。

「うほっ」

何とも言えぬ味わいに、桃之進の眦が下がった。

「美味しゅうござりますか」

絹が意味ありげな顔で酌《しゃく》をする。

「ん、すまぬな」

「何を仰います。旦那さまを立てすごすのは、妻の務めにござりますよ」

「何だか、こそばゆいな」

裏がありそうだと勘ぐっていると、声色を変えて囁きかけてくる。

「ひとつ、お願いがござります」

「ん、何であろうな」

「八重どのに鶴を折っておやりになったとか。八重どのは、それを道中のお守りになさるのだそうです」

桃之進は酒ではなく、息を吞んだ。

鶴に込めた恋情を見抜かれたと察したからだ。

「わたくしにも、鶴を折ってくださりませ」

震えたような絹の声には、口惜しさと嫉妬《しっと》がふくまれている。

桃之進は黙って盃《さかずき》を置くと、懐中から懐紙を一枚取りだした。

百足屋《むかでや》の女房

一

正月二日、朝。

桃之進は風呂敷包みを小脇に抱え、小石川までやってきた。

麻 裃《あさがみしも》に袴《はかま》を着けて威儀《いぎ》を正し、口のなかで「御慶《ぎょけい》にて候《そうろう》」とつぶやく。

煩《わずら》わしい年始廻りであった。

相手は元上役、町奉行所の年番方から小石川薬園奉行となった漆原帯刀である。

二万坪を超える薬園は広大で、一見すると畑にみえるが、大黄《だいおう》、木瓜《ぼけ》、薄荷《はっか》、芍 薬《しゃくやく》など百数十種の薬草が植えられ、甘藷《かんしょ》なども栽培されていた。敷地の南西端には施薬院《せやくいん》とも呼ぶ養生所があり、五人の医者と六、七人の見習医者が詰《つ》め、常時、百人を超える患者が収容されている。

養生所も漆原の管轄だが、役料は三百俵しかない。

役宅《やくたく》を訪ねてみると、さっそく、そのことを愚痴《ぐち》られた。

「町奉行所におったときのほうが、よほど実入りはよかったぞ」

「まあ、そうでござりましょうな」

気のない相槌《あいづち》を打ち、桃之進は風呂敷包みの中味を渡す。

「また、海苔《のり》か」

漆原は舌打ちし、客間の隅《すみ》に顎《あご》をしゃくった。

年始の品として渡された浅草《あさくさ》海苔が山と積まれている。

「薬種問屋の番頭や手代が持ってきたのじゃ。薬草を安く譲《ゆず》ってほしいらしくてな。どうせなら、山吹《やまぶき》色の折詰でも持ってくればよかろうに」

「まあ、そうですな」

「ふん、海苔ばかり食うておったら、腹黒《ぐろ》うもなるわい」

「なるほど」

「得心《とくしん》するな、阿呆《あほう》。それにつけても、おぬしの間抜け面《づら》を眺《なが》めておると安堵《あんど》する。今年も一年、どうにかやっていこうという気になるから、不思議なものよな」

桃之進は屠蘇《とそ》を一杯引っかけ、早々に役宅を辞去《じきょ》した。

表門を出ると、門付《かどづ》け芸人たちの囃子《はやし》が聞こえてくる。

春駒《はるごま》に鳥追《とりお》い、大黒舞《だいこくま》いに角兵衛獅子《かくべえじし》に太神楽《だいかぐら》、とりわけ武家地に多いのは馬の守り神でもある猿に芸をさせる猿廻しだ。いずれも豊年と家の繁栄を祝い、賑《にぎ》やかに唄ったり口上《こうじょう》を述べたりする。

桃之進は、風折烏帽子《かざおりえぼし》に素袍《すおう》姿の太夫《たゆう》と鼓《つづみ》を抱える才蔵《さいぞう》に追いまわされた。

「千年も万年も栄えませ」と叫びながら、うるさくまとわりついてくる。仕方ないので小銭を渡すと、辻向こうへ消えていった。

屠蘇を呑《の》んで気も大きくなっているので、誰もが正月は祝儀をはずむ。それをめあてに、門付けの芸人や物売りたちが競《きそ》うように往来《おうらい》を行き来しているのだ。

正月二日はよろず物はじめ、商家の初荷からはじまって、武家は馬乗り初め、職人は細工初め、火消しは出初《でぞ》め、稽古《けいこ》場では琴三味線《ことじゃみせん》の弾《ひ》き初め、家では文字の書き初めと何もかもはじまるので、市中に活気が甦《よみがえ》る。

万歳《まんざい》から逃れて南西へ向かうと、養生所があった。

そのさきの鍋割坂《なべわりざか》を経《へ》て、どんつきの三つ叉を左へ曲がり、伝通院《でんずういん》の裏手へ出る。

往路と同じ道筋を描きつつ、鍋割坂へ差しかかったとき、道端で苦しげに蹲《うずくま》っている女をみつけた。

居合わせた初夢売りが駆《か》けよっていく。

さきほどまで「初夢双六《すごろく》、道中双六」と声を張りあげていた男だ。

つられて桃之進も駆けよると、男は待ってましたとばかりに叫んだ。

「差込《さしこみ》だ。癪《しゃく》かもしれねえ。旦那、養生所は目と鼻のさきだ」

「ん、わしにどうせよと」

「負《お》ぶって連れていくっきゃねえでしょ。さあ、背中をこっちにお向けなせえ」

言われたとおりにすると、額《ひたい》に脂汗《あぶらあせ》を滲《にじ》ませた女を背負わせる。

「それじゃ、行ってらっしゃいまし」

男にぱんと尻《しり》を叩かれ、つんのめるように足を運ぶ。

「……す、すみません、旦那」

背中の女が謝った。

甘酸《あまず》っぱいような匂いがしてくる。

道端から、辻宝引《つじほうびき》がからかってきた。

「よっ、ご両人」

「莫迦者《ばかもの》、勘違いいたすな」

吠《ほ》えかえすと、背中の女が苦しがる。

桃之進は足を縺《もつ》れさせながらも、養生所の敷居をまたいだ。

「急病人だ。誰か、誰かおらぬか」

若い見習医者が応対にあらわれた。

「どうかなされましたか」

「おなごが腹痛で苦しんでおられる。何とかしてやってくれ」

「それでは、こちらへ」

見習医者は手伝いもせず、表口に近い板の間に導いた。

板の間では、何人かの患者が呻《うめ》いている。

「少しお待ちを」

桃之進は女を板の間に下ろし、敷物を集めて横にならせた。

そこへ、蓬髪《ほうはつ》に無精髭《ぶしょうひげ》の年配医者が大股《おおまた》でやってくる。

女のそばに屈《かが》むや、着物の帯を解《ほど》いて下っ腹に触《ふ》れた。

「こりゃまずいな。腸《ちょう》の先っちょで虫が暴れておる。すぐに開腹いたすゆえ、おぬしも手伝え」

「えっ、何でわたしが」

「四《し》の五《ご》の抜かすな。こっちは手が足りぬのだ。おい、若杉《わかすぎ》、開腹するぞ。寝かせる台座《だいざ》をつくれ」

若杉と呼ばれたのは、さきほどの見習医者だ。

どうやら、ほかの医者たちは手一杯らしい。

「石野《いしの》先生、お支度《したく》できました」

若杉が叫ぶ。

「よし、おなごの脚を持て」

と命じられ、桃之進は白い両脚を両脇に挟《はさ》む。

上半身は石野と呼ばれた髭医者が持ち、苦しげに呻く女を運んだ。

台座は腰の高さまであり、四隅は破れた衝立《ついたて》に囲われている。

女は朦朧《もうろう》としていた。

「ふむ、これなら麻沸湯《まふっとう》を与えずともよかろう」

「あの、もしや、腹を裂《さ》くのでござるか」

桃之進は慌《あわ》てて聞いた。

石野がぎろりと睨《にら》みつけてくる。

「そう申しておろうが。早《はよ》う、着物を脱がせよ」

「えっ」

「えっ、ではない。裸にせねば、腹は切れぬぞ」

女の襦袢《じゅばん》も脱がせるや、あられもない姿態《したい》が目に飛びこんできた。

ごくっと唾《つば》を呑みこむ余裕もない。

「よいか、両脚が動かぬようにしっかり抱えておれ」

「はあ」

上体のほうは、若杉と呼ばれた見習医者が胸に覆《おお》いかぶさるように抱えこむ。

「莫迦たれ。足首を握ってどうする。こうしてな、太腿のあたりを抱えこむのだ」

桃之進は石野に叱責《しっせき》され、横に出て上のほうへ移動する。

「こうでござるか」

太腿をうえから両腕で抱えこみ、顎を臍下《へそした》に乗せた。

「それでは、おぬしの顔が邪魔であろうが。もう少し下に行け」

頬《ほお》が女の陰毛に触れ、妙な気分になる。

「よし、それでよい。動くでないぞ」

「はっ」

髭医者は焼酎《しょうちゅう》を口にふくみ、女の下っ腹に吹きかける。

桃之進の髷《まげ》や月代《さかやき》も、焼酎でびしょ濡《ぬ》れになった。

髭は剪刀《せんとう》を持ち、すっと女の腹を裂く。

微塵《みじん》の迷いもない。

「ひゃっ」

鮮血がほとばしり、女が跳ね起きようとした。

見習医者ともども、必死に抱えこむ。

桃之進の月代は、血だらけになった。

石野は裂いた傷口をこじ開け、鉗子《かんし》と鑷子《せっし》で素早く留める。

「おうおう、腫《は》れておる。この虫が悪さをはたらいておったのだな」

かなりの修羅場《しゅらば》であるはずなのに、暢気《のんき》な口調で喋《しゃべ》りつづけた。

女は気を失い、ぴくりとも動かなくなる。

桃之進にとっては、永遠にも近い時が流れた。

石野は腸の先端で腫れた「虫」を難なく切除し、針と糸を使って小器用に傷口を縫合《ほうごう》していく。

桃之進は平皿のうえに置かれた「虫」をみて、嘔吐《おうと》しそうになった。

見習医者の若杉はとみれば、こちらも蒼醒《あおざ》めた顔をしている。

石野だけが鼻歌まじりに、悠々と処置を済ませていった。

「よかったな、間一髪、かみさんは助かったぞ」

と言われ、桃之進はきょとんとする。

「拙者《せっしゃ》は、この女の亭主ではござらぬ」

「ん、それじゃ何だ」

「ただの通りすがりでござる」

「まことか。そいつはまいったな」

「もう帰ってもよろしいか」

「ああ、いいさ。女が助かったのは、あんたのおかげだ。名でも名乗っていくか」

「いいや、けっこう」

桃之進は台座から身を離し、ふらつきながらも表口まで歩いていった。

若杉が慌てて追いかけ、裸足《はだし》で土間へ降りてくる。

「まことに、かたじけのうござりました。あの、せめてお名だけでもお教え願えませぬか」

「葛籠桃之進だ。これでも一応は旗本でな、武鑑《ぶかん》の隅っこのほうに載っていよう」

た。

「はっ、かしこまりました」

若杉は外に出てからも深々と頭を下げてくるので、くすぐったい気分になった。

「ま、人助けも悪くない」

などとうそぶき、意気揚々と歩きはじめる。

門付けの芸人たちが仰天し、左右の道端へ逃げていった。

無理もない。桃之進の髷は乱れ、月代にはべっとり血がついている。

よれよれの袢を纏《まと》ったすがたは、切腹でも仕損なった木《こ》っ端《ぱ》役人にしかみえなかった。

「まいったな」

番町の家に戻ったら、こうなった経緯《いきさつ》を質《ただ》されるにきまっている。

もちろん、人助けの顚末《てんまつ》を説いて聞かせるつもりだが、女の下っ腹に頬を擦りつけたことだけは、口が裂けても喋るわけにはいかなかった。

二

七日の朝、桃之進は家の門松を引っこ抜き、勝代のつくった七草粥《ななくさがゆ》を食べた。七草粥だけは、どうしたわけか、勝代がひとりでつくる。

昨夕と今朝、おどろおどろしい声で「七草薺《なずな》、唐土《とうど》の鳥《とり》が日本の土地へ渡らぬさきに、七草薺……」と呪文のごとく唱えながら、俎板《まないた》のうえに薺を置いて出刃包丁で叩くのだ。

聞くところによれば、怪鳥《けちょう》の姑獲鳥《うぶめ》が人の軒先を窺《うかが》って爪《つめ》を食べにくるのを避けるまじないらしい。

出刃包丁を握った勝代のすがたは、山姥《やまんば》のようで恐かった。

ともあれ、昼餉《ひるげ》も念の籠《こ》もった粥を啜《すす》っていると、玄関先に色白の艶めいた女が訪ねてきた。

応対に出た絹が、怒った顔で戻ってくる。

「百足屋《むかでや》のおもとさまというお方がおみえです」

「えっ、誰だそれは」

「さあ、どなたでござりましょうね。何でも、あられもないすがたを晒《さら》してしまい、心の底から詫《わ》びたいのだとか。いったい、どういうことなのでしょう」

「知らぬ。わしには何ひとつおぼえがない」

本気で狼狽《うろた》えていると、弟の竹之進が「兄上も隅に置けませぬなあ」と、いつもの軽口を叩く。

「黙っておれ、この穀潰《ごくつぶ》しめが」

「おっと、これは手厳しい」

桃之進は八つ当たり気味に怒鳴《どな》って箸《はし》を投げだし、立ちあがって部屋から出るや、廊下を滑《すべ》るように進んだ。

家の連中も腰をあげ、金魚の糞《ふん》のごとく従《つ》いてくる。

「あっ」

みおぼえがあるどころか、五日前に小石川養生所へ運んでやった女だ。

「葛籠さま、その節はたいへんお世話になりました。お忘れですか、養生所で腹を切った女にござります」

「おぬし、おもとどのと申すのか」

「はい。お名を呼んでいただき、嬉《うれ》しゅうござります」

おもとはぽっと頬を染め、桃之進も茹《ゆ》で海老《えび》のように赤くなる。

その様子を、後ろの連中が注目していた。

「……き、傷は、もうよいのか」

たどたどしい口調で聞くと、おもとはぽんと腹を叩く。

「葛籠さまに背負っていただいたおかげで、悪い虫を無事に切りとることができました。ほら、このとおり、ぴんしゃんしております」

白い肌が剪刀で裂かれる瞬間をおもいだし、桃之進はごくっと生唾を呑みこむ。

おもとは亡くなった亭主の稼業を継ぎ、湯島《ゆしま》の天神《てんじん》下で小さな薬種問屋を営《いとな》んでいるという。

未亡人だとわかった途端、色気が数倍も増したように感じられた。

後ろに控える絹からは、殺気すら漂ってくる。

「それにしても、ようここがわかったな」

「見習医者の若杉さまに、ご姓名をお聞きしました。あとは武鑑を繰《く》って、どうにか探しあてたのでござります」

「わざわざ、苦労せんでもよかったに」

「いいえ、葛籠さまは命の恩人にござります。それに、わたくしは恥ずかしいものをみせてしまいました。直《じか》にお会いしてお礼を言わねば、罰《ばち》が当たってしまいます。それゆえ、ご迷惑も顧《かえり》みずに」

「訪ねてくれたわけか」

「はい」

何と情け深く、礼儀正しい未亡人なのであろうか。

桃之進は感動すら抱きつつ、黙って突っ立っている。

「あの、これを。つまらないものですが」

おもとは風呂敷を解き、菓子箱のようなものを押しつけてきた。

「これは、何であろうか」

「猛角散《もうかくさん》の詰めあわせにござります。商号のとおり、手前どもは生薬に百足を扱っております。猛角散には、百足を擂《す》りつぶした粉が調合され、大黄や芍薬などといっしょに混ぜてござります。店頭でも売らせていただいている人気の高いお薬にござりますよ」

「ほほう。いったい、何に効くのであろうか」

「滋養強壮《じようきようそう》にござります。簡単に申せば殿方をいきりたたせ、いやが上にも気力を奮いたたせるお薬かと」

「それはまた……」

何ともありがた迷惑な薬だと言いかけ、桃之進はことばを呑みこむ。

背中に刺さるような絹の眼差しを感じたからだ。

「薬種問屋ならば、手土産《てみやげ》は砂糖のほうがよかったにのう」

勝代の囁きが聞こえてくる。

おもとはお辞儀《じぎ》をし、踵《きびす》を返そうとした。

「お待ちあれ」

呼びとめたのは、絹にほかならない。

「何でござりましょう、奥方さま」

おもとも勝ち気な顔を向けてくる。

絹は軽く咳払《せきばら》いしてから、問いを口にした。

「夫から事の経緯はあらかた聞いております。されど、何故《なにゆえ》、鍋割坂なんぞにおられたのですか」

「じつは、養生所にご用がござりました。手前どもの生薬をお求めいただけまいかとおもいまして」

「猛角散を」

「いいえ、病にちゃんと効くお薬にございます。養生所の石野誉《ほまれ》先生は偏屈な変わり者ではございますが、こと医術に関しては江戸随一《ずいいち》の評判を得ておられます。石野先生に薬をお認めいただければ、お墨付《すみつ》きをいただいたも同然となり、その薬は飛ぶように売れるのです」

江戸のあらゆる薬種問屋が石野のお墨付きを得ようと、日参《にっさん》しているのだという。

無愛想で取っつきにくい髭面をおもいだし、桃之進は首をかしげた。

「ふうん、人は見掛けによらぬものだな」

いずれにしろ、おもとはちゃんとした目途《もくと》があって鍋割坂へやってきた。

わざと桃之進を誘ったわけではないとわかり、絹はすっきりした顔をする。

「わざわざお越しいただき、痛み入ります」

さきほどとは打って変わって、愛想よくおもとを外へ送りだした。

これきり会えぬのかとおもうと、一抹《いちまつ》の淋《さび》しさが胸に去来《きょらい》する。

桃之進は溜息《ためいき》を吐《つ》き、家のなかに引っこんだ。

三

商家で新しい帳面が綴《と》じられる十一日、漆原から足労してほしいとの連絡《つなぎ》があり、桃之進は小石川養生所に隣接する役宅へ向かった。

途中、白髪の老婆が坂道で難儀《なんぎ》しているのを見掛け、仕方なく負ぶってやる。

「すみませぬなあ。行き先は養生所にござります」

「ならば、このまま負ぶってまいりましょう」

「よろしいのか。いや、ありがたや。このところ、すっかり膝《ひざ》が駄目になってしもうてのう。年を取るのはしんどいが、たまにはよいこともある。あん、ほう。あん、ほう……」

老婆は調子に乗って、駕籠《かご》かきの掛け声をまねた。

わしは駕籠ではないぞと、桃之進は胸につぶやく。

やがて、養生所の表口がみえてくると、老婆はもぞもぞしだした。

「もうよい。ここで降ろしてくだされ」

言われたとおりにすると、矍鑠《かくしゃく》とした足取りで養生所のなかに消えていく。

「何とも、図々《ずうずう》しい婆さまだな」

ぶつぶつ文句を垂《た》れながらも、役宅のほうへ向かった。

めずらしいことに、漆原は玄関先まで迎えにでてくる。

「よう来てくれたな。じつは、いっしょに探ってほしいところがある。今からでもよいか」

「かまいませぬが」

「よし。ならば、従いてきてくれ」

連れていかれたのは御薬園の一角、甘藷の植えられた畝《うね》のさきにある雑木林だ。

「じつは、この奥に『禁足《きんそく》』という札の立つ場所があってな」

先だって、たまさか散歩していてみつけたのだという。

御薬園でむかしから野良《のら》仕事をしている荒子《あらしこ》たちに聞いても、わかる者はひとりもいなかった。

「まことにわからぬのか、それとも、わかっているのに口を噤《つぐ》んでおるのか。ともあれ、『禁足の地』に何があるのか知りとうてな」

「それで、何故、拙者を」

「おぬし、無外流の印可を受けておろう。若い時分は御前試合にも参じ、活躍したそうではないか」

そんなはなしはしたおぼえもないので、誰かの受け売りにちがいない。

「行ってみればわかるが、何やら気味が悪うてな、とてもひとりでは踏みこめぬし、配下は頼りにならぬ軟弱者ばかりじゃ。つらつら考えてみるに、おぬしのほうがまだましであろうとおもうてな」

濃密な木々の連なりによって、日差しはほとんど遮《さえぎ》られている。

唐突にあらわれた「禁足」の札をみつけ、漆原はぶるっと身を震わせた。

「ほら、あれだ」

なるほど、辺り一帯には瘴気《しょうき》のようなものが立ちのぼっている。

「ひょっとしたら、斬首《ざんしゅ》された切支丹《きりしたん》たちの怨念《おんねん》が留《とど》まっておるのやもしれぬ。

切支丹の屋敷跡はすぐ近くだしな」

「ともあれ、踏みこみますか」

「おぬしがさきに行け」

背中をぐいっと押され、仕方なく先頭に立った。

足許は泥濘《ぬかる》んでおり、灯《あか》りが欲しいほどの暗さだ。

「じつはな、前任者の薬園奉行は自刃《じじん》したらしい」

「えっ」

「病死とばかりおもうておったが、さにあらず、みずから命を絶ったというのだ」

「何かあったのでしょうか」

「しかとはわからぬ。されど、もしかしたら、今から目にするものと関わっておるのやもしれぬ」

化け物か幽霊でも出るというのか。

漆原は完全に腰が引けている。

「の、恐ろしいであろう。それゆえ、おぬしを呼んだのさ。いざというときは楯《たて》になってもらうからな」

迷惑千万なはなしだが、踏みこんだ以上、後戻りはできない。

さらに奥へ進むと木々が途切れ、日の光が射しこむ平地に出た。

「畝があるぞ」

「何か、植えてござりますな」

桃之進は屈み、植えてあるものを根ごと引っこぬく。

人参《にんじん》のようだが、やけに痩《や》せ細っていた。

「もしや、高麗《こうらい》人参ではあるまいか」

漆原が声をひそめた。

国産の高麗人参は会津《あいづ》藩や松江《まつえ》藩などでも栽培されているが、あくまでも、領内での取引にかぎられている。江戸市中の薬種問屋で売っているのは、長崎会所を経由した唐渡りの高級品のみで、拇指《おやゆび》ほどの大きさで十両もするため、庶民にとっては夢のような薬だった。

「漆原さま、ここは御薬園ゆえ、高麗人参を栽培しておっても不思議ではありますまい」

「何故、奉行のわしが知らぬ。おかしいではないか」

「まあ、それもそうですな」

「わしに隠れて、何者かが栽培しているとすれば、断罪に値する罪だぞ」

「されば、下手人を捕まえて町奉行所にでも差しだしますか」

「待て。そやつがわしの配下だったら、どういたす」

「さあ」

「莫迦者、わしが責《せ》めを負うはめになるではないか」

「なるほど。されば、どうなさるおつもりで」

押し問答をしていると、反対側の雑木林から人の気配が近づいてきた。

「隠れよ」

「はっ」

ふたりは畝から離れ、灌木《かんぼく》の陰に身を隠す。

やってきたのは、野良着《のらぎ》姿の夫婦であった。

勝てると踏んだのか、漆原は木陰から離れ、大股で夫婦のもとへ近づいていく。

「おい、おぬしら」

呼ばれた夫婦は、緩慢《かんまん》な仕種《しぐさ》で首を捻《ひね》った。

「いったい、誰の許しを得て高麗人参を栽培しておるのだ」

漆原が激しい剣幕で追及すると、亭主らしき男のほうがこたえる。

「養生所の偉い先生さまに頼まれたのでごぜえやす」

「偉い先生とは、石野誉のことか」

「へえ」

「おぬしら、名は」

「おらは金兵衛《きんべえ》、嬶《かか》ぁはさよと申しやす」

「よし、従いてこい」

今から石野誉のもとへ向かうと、漆原は意気込んでみせる。

桃之進は帰りたい素振りをみせたが通じず、嫌々ながらもつきあわされた。

四

石野は髭を震わせ、漆原に向かって吠《ほ》えた。

「おぬしに何ができる。ほれ、言うてみろ。支給を倍にしてもらえるよう、上に諮《はか》ってくれるのか。できまい。何もできぬのに、文句だけは垂れる。さような薬園奉行はいらぬ。早々に出ていくか、口を閉ざしておれ」

「ぬう。よくも、わしに向かって」

漆原が拳を固めても、石野は遠慮せずに喋りつづける。

「眸子《まなこ》をこじ開けて、ようく見ろ。養生所には病んだ連中が引きも切らずに来る。そうした連中にとって、高麗人参は妙薬となる。ただし、目玉が飛びでるほど高価ゆえに、市中で買うことはできぬ。何せ、お上から支給される費用は、年に八百両しかないのだからな。養生所ではたらく者たちの給金や器具代などを引けば、わずかも残らぬ。となれば、薬も食いものも自給自足するしかないではないか」

言いたいことはわかるし、理屈も通っている。しかし、たとい御薬園と雖《いえど》も、高麗人参の栽培は禁じられているのだ。幕命に逆らえば、厳罰に処せられても文句は言えない。

「覚悟はできておる。おぬしが訴えれば、わしは縄を受けよう。されど、それは助かるはずの患者を見殺しにすることでもある。それでもよいのなら、町奉行所へでも何処へでも訴えればよかろう。黙って見過ごすか、それとも訴えるか、良心に照らして考えてみよ。おのずと、こたえは出ていようがな」

「みてみぬふりをしておけと申すのか」

「どうするかは、おぬしが決めればよい」

下駄を預けられた恰好《かっこう》の漆原は歯軋《はぎし》りし、顔を怒りで染める。

後ろから、白髪の老婆が割りこんできた。

「後世に名を残したいなら、黙っているんだね」

偉そうに発するのは、桃之進が背負ってやった老婆にまちがいない。

漆原は目を剝《む》いた。

「おぬしは何だ」

「みたとおりの患者だよ。足腰が痛むから、鍼灸《しんきゅう》をお願いしにきたのさ。江戸市中を隈無《くまな》く探しまわっても、まともな医者はおりやせぬ。養生所から石野先生が居なくなれば、江戸から灯《ひ》が消えたも同然になる。そんなこともわからぬようなら、薬園奉行なんぞやめちまいな」

年寄りにやりこめられ、漆原はぐうの音も出ない。

いかにも強突《ごうつ》く張《ば》りにみえる老婆は名をおとくと言い、湯島で金貸しをやっているらしかった。

いずれにしろ、石野は患者たちからたいそう信頼されているようだ。訴えたあとの反撥《はんぱつ》を考慮すれば、頑迷《がんめい》な漆原とて躊躇《ちゅうちょ》せざるを得まい。

おとく婆はつづける。

「岡野長春《おかののながはる》さまは、黙っておられたぞ」

漆原が声をひっくり返した。

「岡野どのと申せば、前任の薬園奉行ではないか」

「そうじゃ。岡野さまはの、はなしのわかるお方じゃった。辻斬りにさえ斬られなければ、今も御奉行さまであられたじゃろうに」

「待て。岡野どのは自刃して果てたと聞いたぞ」

「誰に聞いたのか忘れたが、わしの言うたことはまことじゃ。養生所に通う者なら、誰もが知っておるわ」

漆原の驚きようは、尋常なものではない。

桃之進の関心はしかし、別のところにある。

事の経緯を柱の陰からみつめている若杉の様子が気になっていた。薬種問屋の女主人に桃之進の姓名を教えた見習医者のことだ。おとく婆の口から「岡野長春」の名が発せられたあたりから、蒼醒めた顔で固唾《かたず》を呑んでいる。

その若杉が消えたので、桃之進は漆原のそばを離れた。

見習医者は人目を避け、裏口から外へ抜けだしていく。

尾行しようとおもったのは、単なる好奇心からだった。

前奉行の死について何か知っているのではないか、という勘《かん》も働いた。

若杉は足早に武家地を抜け、伝通院の表門前までやってきた。

右手は九段重ねの安藤坂《あんどうざか》だが、途中の左手に白壁町《しらかべ》がある。

入りくんだ露地《ろじ》裏の片隅に、薄汚い一膳飯屋が佇《たたず》んでいた。

破れ提灯《ちょうちん》には『一兆《いっちょう》』と書かれている。

若杉は暖簾《のれん》を分け、見世《みせ》に消えていった。

「待ち人でもあるのか」

桃之進はひとりごち、素知らぬ顔で暖簾を分ける。

午《うま》ノ刻（昼一二時頃）にはまだ間があるものの、客はそこそこはいっており、胡麻《ごま》塩《しお》頭の親爺《おやじ》と給仕の小娘が忙しそうにしていた。

若杉のすがたはない。

平屋なので、何処かにいるはずだ。

床几《しょうぎ》の奥に衝立があり、小娘が銚釐《ちろり》を運んでいく。

「そこか」

桃之進は見当をつけ、衝立の内側に腰を下ろした。

戻りかけた小娘を呼びとめ、燗《かん》酒と肴《さかな》を注文する。

耳を寄せると、衝立越しに囁き声が聞こえてきた。

「例のものは」

「これに」

「何だ、たったこれだけか」

「申し訳ありません。されど、石野先生やみなの目を盗むのはたいへんなのですよ」

「んなことはわかっておる。金儲けに困難はつきもの、ほれ、おぬしの取り分だ」

「いりません。そのかわり、これきりにしていただけませぬか」

「何だと、この」

ばこっと、鈍い音がする。

おそらく、若杉がもうひとりの男に撲《なぐ》られたのだろう。

「……か、堪忍《かんにん》してください」

「ふん、たわけめ。詮無《せんな》いことを抜かすと、痛い目にあわせるぞ」

しばらく会話は途切れ、重苦しい空気が漂った。

桃之進は運ばれてきた燗酒を嘗《な》め、昆布《こんぶ》の佃煮《つくだに》を箸で摘《つ》まむ。

「何か変わったことは」

と、撲った男が聞いた。

若杉とおぼしき者が、か細い声で応じる。

「新しい薬園奉行が来られました」

「名は」

「漆原帯刀さまにございます。何でも、町奉行所の年番方を務めておられたとか」

「禁足地のことは」

「お知りになりました」

「それで」

「石野先生から、みてみぬふりをしろと諭《さと》されましたが、はたして、どう判断されるか」

「わからぬと申すのか」

「はい」

撲った男は少し黙り、また喋りだす。

「そやつの出方次第では、こっちも手を打たねばなるまい」

「えっ、手を打つとは」

「決まっておろう。われらの動きに勘づいた前任者のごとく、消えてもらうのさ」

「お、おやめください。それだけは」

「うるさい」

ぼこっと、また鈍い音がする。

「ふん、弱虫めが。わしに抗《あらが》えば、おぬしもあの世へ逝《い》ってもらうぞ」

「……か、堪忍してください」

桃之進は、すっと席を立った。

知りたいことの大筋がみえたのだ。

さきに見世を出て、物陰に隠れて待つ。

しばらくすると、若杉と大柄の若い侍が出てきた。

ふたりは見世のまえで左右に分かれ、別々の道をたどる。

桃之進は若杉の背中を追いかけたが、安藤坂を上りきったあたりで踵を返した。

これも木っ端役人の宿命か、面倒な関わりを避けたいという心理がはたらき、声を掛けそびれてしまったのである。

五

翌日は朝から、うじうじひとりで悩みつづけた。

西ノ丸の御用部屋で帳面の字面を目で追っても、いっこうに頭にはいってこない。

そもそも、頭に入れずともよい内容だけに、なおさら虚《うつ》ろな気持ちになるだけだ。

同心の安島左内が案じたのか、かたわらから声を掛けてくる。

「葛籠さま、どうかなされましたか。お顔の色が悪うございますぞ」

「ん、おぬしにもわかるか」

「それはもう、長いおつきあいですからな」

「されば、聞いてもらうとするか。いや、止《や》めておこう。おぬしを厄介事《やっかい》に巻きこむわけにはいかぬ」

「あいにく、厄介事は好物にござります。はなすだけでも気持ちが晴れるやもしれませぬぞ」

「なれば、ふたりに聞いてもらうか」

と言いつつ、馬淵斧次郎をみやれば、目を開けたまま魚のように眠っている。

桃之進は深々と溜息を吐き、漆原に頼まれて養生所におもむいた経緯を安島に語ってきかせた。

「ほほう、御薬園では秘かに高麗人参が栽培されており、見習医者が誰かに脅《おど》されてそいつを横流ししておるというわけでござるか。くふふ、なかなかにおもしろいはなしですな」

安島は太鼓腹《たいこばら》を突きだして笑い、それきり黙りこんでしまう。

「おい、ほかに何かないのか」

桃之進の問いに、安島は目を丸くする。

「ほかとは」

「自分もひと肌脱ごうとか、せめて、脅している相手の素姓《すじょう》を調べようとか、そういったことだ」

「ご冗談を。見習医者を助けたところで、一文《いちもん》の得にもなりませぬ。それがしに言わせれば、脅されるほうがわるい。武士の端《はし》くれなら、自分でどうにかするしかないでしょう」

投げやりな態度に、むかっ腹が立ってくる。

「それなら、元薬園奉行を辻斬りにみせかけて斬殺した件はどうなる」

「確乎《かっこ》とした証拠《あかし》があるわけでもなし。それに、今さらほじくりかえしても、目付が取りあげるともおもえませぬ」

いちいち安島の言うことはもっともだが、怒りの虫が腹のなかで叫んでいる。

――悪党を野放しにしておくのか。おぬしに正義はないのか。誰かのためにおのれを犠牲にする、高潔な精神は持っておらぬのか。

それはそっくりそのまま、みずからに向けられた問いかけでもあった。

桃之進は感情を押し殺し、さらなる問答を仕掛けた。

「放っておけば、漆原さまも同じ運命をたどるやもしれぬぞ」

「それも宿命にござります。漆原さまは、わたしらから十手《じって》を取りあげた張本人。何者かに斬られたとて、自業自得《じごうじとく》というものにござりましょう。放っておけばよいのです」

「薄情者め」

「それがしに言わせれば、浅草海苔を携《たずさ》えて年始のご挨拶《あいさつ》に行かれる必要などなかったのではないかと。確かに、廻るさきが少ないのはわかります。お家の方々の手前、裃を着けて年始廻りに出たいお気持ちはわからぬでもない。されど、よりによって、性根《しょうね》の曲がった元上役のもとへなど行かずともよかったのでは。そのせいで、厄介事の芽を拾われたのではござらぬか」

「もうわかった。おぬしには頼まぬ」

馬淵のほうをみたが、あいかわらず目を開けたまま眠っていた。

桃之進は居たたまれなくなり、立ちあがって部屋から出ていこうとする。

「どちらへ」

呼びとめる安島を睨みつけ、何も言わずに御用部屋をあとにした。

城もあとにし、大手門から出て西ノ丸下から和田倉門《わだくらもん》、さらには神田橋門《かんだばしもん》と進み、家のある番町とは真反対の方角へ向かう。

神田川をも越えて、たどりついたのは、湯島天神下の狭い町屋の一角だった。

所在なげに彷徨《うろつ》きながら、看板に『百足屋』と書かれた薬種問屋を探す。

もう一度、おもとの顔がみたくなったのだ。

「おや、何処かでみたお顔だねえ」

斜め後ろから、嗄《しわが》れた声が掛かってくる。

振りむけば、天秤《てんびん》の絵が描かれた看板の店から、おもととは似ても似つかぬ老婆があらわれた。

「あっ」

金貸しのおとく、養生所で漆原に食ってかかった女だ。

「ちょうどよいところに来られた。わしを養生所まで負ぶっていってもらえぬか」

「駕籠の代わりは御免蒙る《ごめんこうむ》る」

「ぐふっ、戯《たわむ》れただけじゃ。おぬし、薬種問屋の未亡人を訪ねてきたのじゃろう」

何でもお見通しだよとでも言わんばかりに、おとくは胸を張ってみせる。

「聞いたよ。あんたに助けられたんだってね」

「わしはただ、養生所へ運んでやっただけだ」

「おもとさんは、ずいぶん感謝していたよ。あんた、御旗本のお殿さまなんだってねえ。とてもそうはみえないけど」

「口が悪いうえに、ひとこと多いな」

「生まれついての性分でね。ふふ、おもとさんのお店《たな》はすぐそこだけど、今はお留守だよ。おおかた、越中屋《えっちゅうや》の禿《は》げ爺《じじい》にでも呼ばれたのだろうさ」

「越中屋とは」

「同じ薬種問屋だけど、向こうは日本橋本町《にほんばしほんちょう》二丁目に店を構える大店でね、禿げ爺は婿養子でかみさんに頭があがらない。あがらないくせに、おもとさんを妾《めかけ》にしようと狙っていやがるのさ」

「そいつは悪党だな」

「まちがいないね」

おもとの亡くなった亭主は、金貸しからけっこうな額の借金をしていたらしい。

それを頼みもしないのに一括で返済したのが、禿げ爺こと越中屋勝右衛門《かつえもん》であったという。

「もちろん、腹にいちもつあったのさ。だから、今になって執拗《しつよう》に言い寄ってくるんだよ」

「おもとさんの気持ちは、どうなのであろうか」

「もちろん、禿げ爺の妾なんぞになる気はないが、あいつめ、おもとさんが話をやんわり断ったら『からだで返せば借金はなかったことにしてやる』と、脅しつけてきたのさ」

「ふうむ、許せぬな」

「だろう。同情するなら、助けておあげな。おまえさん、二刀を腰にぶちこんだお侍なんだからさあ」

煽《あお》られてその気になったが、よくよく考えてみると、そこまでする義理はないし、手出しをすればかえって迷惑かもしれぬ。

心の迷いを見抜いたように、おとく婆が身を寄せてきた。

「おまえさんだって、まんざらでもないんだろう。そうでなけりゃ、昼の日中にこんなところまで訪ねてこないものね」

桃之進は年甲斐《としがい》もなく、ぽっと頬を染める。

「可愛《かわい》かないよ。鏡で自分の顔をよくみるんだね」

風采《ふうさい》のあがらぬ風体だが、やるときはやるのだぞと、言いかけた。

だが、何をどうしたいのか、自分でもよくわからない。

何もかも直前で踏みこめぬ自分に、苛立ちだけが募る。

桃之進は渋い顔でお辞儀をし、その場から去りかけた。

「何だ、行っちまうのかい。あたしゃてっきり、世直し明神《みょうじん》が湯島にいらしたのかとおもったよ。ふん、期待して損しちまった」

おとく婆の舌打ちが、鞭《むち》のように胸を打つ。

深い考えもなくやってきたことを、桃之進は後悔した。

やはり、宮仕えの木っ端役人が勇んで踏みこむ場面ではない。

「のうらく者は引っこんでおれ」

みずからにそう言い聞かせ、とぼとぼ歩きはじめた。

六

さらに翌日、漆原が「禁足の地」についてどう判断するのか気になり、午後になって御薬園へ足を向けた。

役宅を訪ねると留守だったので、仕方なく養生所のほうへまわってみる。

石野はあいかわらず忙しそうにしており、はなしを聞ける情況ではない。

応対してくれたのは、見習医者の若杉だった。

一昨日《おととい》、衝立越しに聞いた会話が脳裏を過《よぎ》る。

「あっ、葛籠さまでござりましたね」

「ふむ、例の禁足の件はどうなったかとおもうてな」

「漆原さまから直にお聞きにならないのですか」

「聞こうとはおもったが、留守であったゆえ、こちらにまいったのだ。差しつかえなくば、教えてもらえぬか」

「それがしの口から申すのも何ですが、知らなかったことになさっていただけるようです」

「ほっ、さようか。されど、石頭の漆原さまが、よくぞご決断なされたものだな」

「ここだけのはなし、とある薬種問屋に説かれたようです」

「ん、もそっとわかるように説いてくれぬか」

若杉は身を寄せてくる。

「賄賂《まいない》ですよ。おそらく、漆原さまは越中屋から賄賂を受けとったのでございましょう。それで、『禁足の地』については口を噤む約束をしたにちがいない」

桃之進は「越中屋」と聞いて、片方の眉を吊りあげる。

もしや、おもとを妾にしようとしている「禿げ爺」のことであろうか。

できるだけ平静を装い、問いをかさねた。

「されど、何故、越中屋がさようなことを」

「石野先生に恩を売り、店の評判をあげる腹なのでしょう」

「それなら、石野先生へ直に賄賂を贈ればよかろう」

「先生は賄賂を受けとりません。毛虫と阿漕《あこぎ》な商人が大嫌いで、あの禿げ爺だけは顔もみたくないと仰《おつしや》っているほどで。それゆえ、越中屋としては、まわりくどい方法を取るしかないのです」

やはり、おもとを口説いている「禿げ爺」のようだ。

桃之進は意を決し、細い眸子をこじ開けた。

「若杉どの」

「はい」

「瞼《まぶた》のあたりが紫に腫れておるようだが、どうなされた」

「別に、坂で転《ころ》んだのです」

「嘘《うそ》を申すな。わしはな、一昨日《おととい》、安藤坂の一膳飯屋で衝立越しに聞いてしまったのだ。おぬしと、おぬしを撲った者のはなしをな」

「げっ」

若杉は仰天し、石地蔵のごとく固まってしまう。

「ちと、その辺りまでつきあわぬか」

桃之進が誘うと、見習医者は蒼醒めた顔で背にしたがった。

向かったのは、極楽水《ごくらくすい》で有名な宗慶寺《そうけいじ》門前の一膳飯屋である。

こうしたこともあろうかと、あらかじめ目星をつけておいたので、客が少ないのもわかっていた。

縄暖簾を分け、衝立で仕切られた床几の奥へ向かう。

席を占めると、愛想のない親爺が熱燗を運んできた。

頼みもせぬのに五合徳利《とっくり》がどんと置かれ、昆布の佃煮が出された。

とりあえず、ぐい呑みに酒を注ぎまわし、若杉のほうへ差しだす。

「まあ、一献《まず》」

ふたりは不味い地酒を呑み、黙って佃煮を咀嚼《そしゃく》した。

若杉はぐい呑みを置き、口を尖らせる。

「わたしを尾けたのですか」

「まあな」

「はなしを、すべて聞かれたのですね」

「ああ」

「どうなさるおつもりです」

「案ずるな。漆原さまに告げる気はない」

「えっ、それはまた何で」

「さほど親しい仲ではないし、できれば遠ざけておきたいお方だ」

「そうだったのですか」

若杉は、ほっと溜息を吐く。

「安堵するのは早いぞ。おぬし、『禁足の地』で栽培された高麗人参を横流ししておるのだな。相手は何者だ」

「名を申しあげれば、どうにかしていただけるのですか」

必死の顔に絆《ほだ》され、うなずいてしまう。

すると、若杉は撲った男の素姓を喋った。

「あの者は、益田半六《ますだはんろく》にござります」

実家は家禄三千石の寄合旗本だが、部屋住みの次男坊ゆえに、家の連中から厄介者扱いされている。かつて通っていた町道場の先輩で、心形刀流《しんぎょうとうりゅう》の免状を受けたにもかかわらず、粗暴な性分を抑えられずに刃傷沙汰《にんじょうざた》を起こし、町道場から除名を申し渡された。野に放たれたあとは粗暴ぶりに磨きを掛け、知りあいのもとを訪ねては脅しや強請《ゆすり》を繰りかえしているらしかった。

「目付に訴えればよかろう」

「その機は逸しました。わたしは意志の弱い人間なのです。益田に脅されれば、蛇《へび》に睨まれた蛙《かえる》のごとく、抗うことができなくなります」

尊敬する石野に迷惑を掛けたくはなかった。だが、益田に命じられて抗えずに「禁足の地」で秘かに栽培された高麗人参を盗んで横流しし、養生所内の動きを逐一《ちくいち》伝えている。若杉の最大の罪は、前薬園奉行が益田に斬殺されたことを黙っていることであろう。

「高麗人参の横流しはまだしも、前薬園奉行を亡き者にしたことは捨ておけぬぞ」

「目付にでも訴えますか。それなら、いっそ、せいせいする」

若杉は投げやりな口調で言った。

桃之進は、首を横に振る。

「訴えはせぬ。その代わり、益田に会って潔く罪を認めるように説く、というのはどうだ」

「腹を切れとでも仰るのですか。即座に斬られますよ。さきほども申しあげたとおり、益田は心形刀流の達人にござる。失礼ながら、葛籠さまはいかにも弱そうだ。とても歯の立つ相手ではありませぬぞ。それに」

「何だ」

「おそらく、益田には後ろ盾がおります」

「ほう、後ろで糸を引く者がおるとでも」

「はい」

「そいつは誰だ」

「越中屋勝右衛門にござります。益田に高麗人参のことを教えたのも、越中屋にちがいない」

「また、越中屋か。わからぬな。何故、大店の薬種問屋が無頼《ぶらい》旗本の後ろ盾にならねばならぬ」

「はっきりとしたことはわかりませぬ。されど、益田が酔った勢いで漏《も》らしました。高麗人参を高く買ってもらうかわりに、頼まれたことをやってのけたと」

ぴんときた。

「頼まれたこととは、前薬園奉行殺ししか」

「少なくとも、わたしはそう受けとりました」

ひとつの謎《なぞ》が解決すると、新たな謎が飛びだしてくる。

やはり、深入りせねばよかったかなと、桃之進はおもった。

七

若杉に向かって「益田に会って潔く罪を認めるように説く」と偉そうに豪語したにもかかわらず、何もせずに二日が過ぎた。別に約束したわけではないのだと自分に言い聞かせ、座右の銘とも言うべき小役人の心得を口のなかでもごもご繰りかえす。

「さよう、しからば、ごもっとも、そうでござるか、しかと存ぜぬ」

唱えれば虚《むな》しさが増すだけだが、何事にもおのれを主張せずに無関心をきめこむことは、微禄を頂戴《ちょうだい》して生きのびるための処世術にほかならない。

三日目の十六日は藪入《やぶい》り、閻魔《えんま》の斎日《さいにち》でもある。

桃之進は霞目《かすみめ》で悩む勝代を連れて、眼病に効験《こうけん》のある蒟蒻《こんにゃく》閻魔へ向かった。

由緒ある閻魔堂は、小石川伝通院にほど近い源覚寺《げんがくじ》の境内《けいだい》にあった。

堂内に安置された座像は座高三尺（約九〇センチ）余り、右目が黄色く濁っている。

「蒟蒻閻魔の由来をご存じか」

勝代に問われ、はてどうであったかと首をかしげる。

「宝暦《ほうれき》のころ、眼病に悩む老婆がひとりおったそうな。快癒《かいゆ》を熱心に祈願すると、閻魔大王が夢にあらわれ、みずからの右目を刳《く》りぬいて使えと言ってくれた。おかげで目が治った老婆は、感謝の気持ちをしめすために好物の蒟蒻を断ち、御像の御前に蒟蒻を供《そな》えるようになったのじゃ。それゆえ、身代わり閻魔とも呼ばれておる」

なるほど、聞いたことのある逸話であったが、どうせすぐにまた忘れてしまうだろう。

朝の早い時刻というのに、参道はかなりの参詣人《さんけいにん》で埋まっている。拝殿からつづく長蛇《ちょうだ》の列に並んでいると、後ろから誰かに声を掛けられた。

「おい、のうらく。そこで何をしておる」

振りむけば、裃を着た漆原がやってくる。

勝代も知らぬ相手ではないので、あからさまに嫌な顔をしてみせた。

「目下とは申せ、他人様《ひとさま》のまえで、のうらく呼ばわりは許さぬぞ」

鼻息も荒く吐《は》きすてたので、桃之進は慌てて勝代を背中に隠す。

漆原は薄笑いを浮かべ、いつもの気軽な調子で近づいてきた。

「ご母堂《ぼどう》をお連れしたのか。存外に、おぬしも孝行息子じゃな」

「いいえ、それほどでも」

「謙遜《けんそん》いたすな。滅多《めった》に褒められぬのだから、素直に喜べ」

「はあ」

漆原の背後へ、頭の禿げあがった商人がやってくる。

「お奉行さま、そちらは」

「おう、紹介しておこう。こやつは元の配下で、葛籠桃之進と申す。百五十俵取りの吹けば飛ぶような旗本でな、風采のあがらぬ見掛けどおり、どうでもよい役目ばかりに就いてきた。今は西ノ丸の留守居部屋におるが、どうせ、暇を持てあましておるのであろう」

勝代は怒り心頭に発し、後ろで気を失ったようであった。

いつものことなので、桃之進は気にもならない。

そんなことより、禿げた商人の素姓が気になった。

「この者は、越中屋勝右衛門じゃ」

と聞き、おもわず眉根を寄せる。

越中屋は蒟蒻閻魔と同様、右の白目が黄色く濁っていた。

眼病祈願のためにおもむいたのであろうが、漆原を露払《つゆはら》いにさせる理由がわからない。

「わしはな、これからは越中屋と二人三脚でやっていくことにきめた。その気持ちに嘘偽りがないことを閻魔大王のまえで誓うべく、こうして参じたのじゃ」

漆原は身を寄せ、鼻先で囁いた。

「例の件も、越中屋が何とかしてくれるそうじゃ」

「高麗人参の件でござりましょうか」

「しっ、それを言うでない」

「申し訳ありませぬ」

「それからな、小賢《こざか》しい石野誉が謹慎になったぞ」

「えっ、それはまたどうして」

これには、越中屋がぬっと割りこんでくる。

「じつは一昨夜、養生所で療養していた三人の患者がまとめて亡くなったのでござります。いずれも、処方すべき薬湯を誤ったことが原因で」

胸を患《わずら》った患者に、高麗人参を煎《せん》じて呑ませるべきところ、麻沸湯に使う鳥《とり》兜《かぶと》の根を煎じて呑ませたのだという。

「呑ませたのは見習医者でしたが、処方の指示は石野先生に受けたと証言いたしました。それゆえ、石野先生は責めを負い、残念ながら謹慎の処分と相成ったわけにござります」

漆原が冷笑する。

「わしに偉そうな態度を取るから、罰が当たったのじゃ。患者の信用も失墜した。あやつめ、二度と立ちなおることはできまい。町奉行所の調べがはいれば、首が飛ぶやもしれぬが、それも自業自得というものじゃ」

えも言われぬ怒りが沸きあがってくる。

石野誉は嵌《は》められたのだと、桃之進は直感した。

いったい、誰が嵌めたのか。

目の前の禿げ頭だ。

へらついた越中屋の顔を睨みつけると、向こうも何やら意味ありげに睨みかえしてくる。

漆原が言った。

「正月早々からつきあってもらったゆえ、おぬしには教えてつかわそう。石野の代わりも、すでにみつけてあってな。じつを申せば、越中屋が推挽《すいばん》してくれたのじゃ。奥医師まで務めた本道《ほんどう》の権威よ。立派な人物ゆえ、上も文句は申すまい」

どうせ、越中屋の息が掛かった人物なのであろう。おのれの言いなりになる者ばかりを配し、養生所を牛耳《ぎゅうじ》ってしまう腹にちがいない。

「さればな、われらは格別のはからいで祈禱《きとう》をお願いしておるゆえ、ひとあしさきにまいるぞ」

越中屋に多額の寄進《きしん》を納めさせたのであろう。

漆原は胸を張り、越中屋ともども拝殿に向かっていく。

列に並ぶ人々から冷たい目を向けられても、怯《ひる》むような連中ではなかった。

桃之進は莫迦らしくなって、列から離れようとする。

振りむけば、勝代がちょうど正気に戻ったところだ。

「母上、祈らずに帰りましょう」

「そうじゃな。わたしも何やら、気分が優れぬ。漆原の阿呆面をみたら、吐き気を催してな。こんな気持ちで祈念したとて、ご利益もあるまい」

「お誘いせねばよかったですな」

養生所にこれ以上関わっても、気が滅入るだけのはなしだ。

何もかも忘れてしまおうと、桃之進はおもった。

八

二日後。

験直《げんなお》しに軍鶏《しゃも》鍋でも突っつこうとおもい、安島と馬淵を誘った。

足を運んだのは飯田《いいだ》町のもちの木坂下にある『軍鶏源《げん》』である。

評判の出汁《だし》はまず昆布を敷き、鶏がらや生姜《しょうが》などと煮込んでつくる。

大笊《おおざる》には軍鶏肉はもちろんのこと、大根や里芋や椎茸《しいたけ》といった旬の野菜がどっさり載っていた。

安島は熱燗を手酌で注ぎ、ぐびぐび呑みはじめる。

一方、馬淵は下戸《げこ》の大食いなので、さっそく鍋にありつこうとした。

桃之進も負けじと酒を呑み、歯ごたえのある軍鶏肉を競って頬張る。

三人は一心不乱に食べつづけ、四半刻《しはんとき》（約三〇分）ほど会話すら交わさなかった。

ようやく腹も落ちついたころ、安島が携えてきた桐の箱を取りだす。

「何だとおもいます」

にやにやしながら蓋《ふた》を開けると、か細い人参が二本はいっていた。

「こうして懐紙《かいし》に包めば、ありがたげにみえるでしょう。されど、この高麗人参は偽物なのですよ。売値も長崎会所経由の本物にくらべたら、一割にも満たない。ところが、こいつが本物の正価《せいか》で飛ぶように売れているそうです」

「安島、おぬし、そんなものを何処で手に入れたのだ」

「おっと、こいつは驚いた。『禁足』のことを教えてくれたのは、葛籠さまではござりませぬか」

「まさか、御薬園で栽培された高麗人参だと申すのか」

「そのとおりにござります」

町奉行所の同心だったころの伝手《つて》をたどり、闇《やみ》の筋から手に入れたものだという。

「これは高見沢念朴《たかみざわねんぼく》なる元奥医師を通じて、大名家に売られたものの一部だとか。何と、二本で四百両もするそうで。驚き桃の木にござりましょう」

「びっくりして声も出ぬわ。されど、何でまたそんなものを手に入れたのだ」

「これは異なことを仰る。御薬園に巣くう悪党どもを、どうにかなさるのかとおもいましたが」

「早合点《はやがてん》いたすな」

「ということは、何もせずに悪党を見逃すと仰る」

「見逃すも何も、関わる立場にないからな」

「まあ、それもそうですな」

安島は人参を一本摑《つか》み、ふたつに折ると鍋に入れた。

「あっ、何をする」

「何もせぬなら、せめて滋養でもつけようかと」

さきほどから黙っていた馬淵が口を開いた。

「高見沢念朴は、越中屋の推挽により、養生所の差配《さはい》を任されるやもしれませぬ。そうなれば、似非《えせ》人参は大手を振って世の中に出まわりましょう。念朴と越中屋は幕府お墨付きの養生所を好き放題に使って、暴利《ぼうり》をむさぼることになる」

すかさず、安島がひきとった。

「越中屋の狙いは、養生所を牛耳って悪事不正の温床にすること。そのためには懐柔の利《き》かぬ石野誉を追いだし、都合のよい身代わりに首をすげ替える必要があった。それゆえ、死人まで出して石野の評判を貶《おとし》めたのでござりましょう」

桃之進は項垂《うなだ》れる。

「わしも同じ読みだ。されど、証拠《あかし》はない」

「過去に遡《さかのぼ》って調べれば、証拠はあがってくるかと」

「過去とは」

「前薬園奉行、岡野長春殺しにござります」

ふたたび、馬淵が喋りはじめた。

「じつは、前奉行の検屍帳《けんしちょう》をみつけましてな。これが、じつに妙な斬られ方をしておりました」

「ほう」

骨まで達する傷が左右にふたつあり、どちらも首から腰にかけて正面から外側に払うように斬りさげられていたのだという。

「つまり、刺客は二刀を同時に使ったというのか」

「御意《ぎょい》にござる。正面から迫り、左右に握った二刀で八文字を描くように斬りさげたということになりますな」

「たしかに、めずらしい一手だな」

「じつはこの一手、拝《おが》み富士《ふじ》と称し、心形刀流の奥義《おうぎ》にござります」

「何だと。心形刀流と申せば、益田半六の修めた流派ではないか」

驚く桃之進から目を逸らし、馬淵は平板な口調でつづける。

「益田は人斬りを何ともおもわぬ無頼にござります。越中屋とも裏でしっかり通じておりました」

命じもせぬのに、馬淵は張りこんでくれたのだ。

桃之進は感謝しつつ、筋読みをつづけた。

「すると、やはり、益田は越中屋の指図で前奉行を斬ったのであろうか」

「それがしがおもうに、前奉行は取りこまれていたにもかかわらず、過度な要求をしたせいで命を縮めたのではないかと。越中屋にとって、薬園奉行ごときを手玉に取るのは朝飯前にござりましょう」

「たしかにな。漆原さまも、まんまと手玉に取られおったわ」

「おとなしく甘い汁を吸っているうちは生かされておりましょうが、我《わ》が儘《まま》を言うようになったら、即座にばっさり」

「殺《や》られような」

安島と馬淵は、かなりのところまで調べあげている。

桃之進は舌を巻くとともに、問わずにはいられない。

「おぬしら、何故、そこまでやってくれたのだ」

「暇だからにござりますよ」

と、安島が戯《おど》けたようにこたえる。

仕舞いには、もう一本の人参をそのまま齧《かじ》り、太鼓腹を突きだしてみせた。

「ここからさきに踏みだすかどうか、おそらく、葛籠さまはお悩みのことかと」

「何故、そうおもう」

「じつは、百足屋の未亡人についても、ちと調べました」

「何だと」

「危ういですな。禿げ爺の囲い者にならねば、即刻、店を取りあげられる。それどころか、借金のカタに岡場所へ売りとばされる。まさに、正念場まで追いつめられておりますぞ」

「まことか」

「はい。お救いになりたいのなら、少しばかり急いだほうがよろしいかと」

「ふうむ。されど、急ぐというてもな」

丹念に証拠を拾い集めたうえで、町奉行所に訴える。そうした尋常な手段を講じている猶予はない。

「もはや、悪党どもを闇から闇へ葬るしかござらぬでしょう。ただし、ひとつだけ由々しきことが」

「何だ」

「その腹にござります」

安島は自分のことを棚にあげ、桃之進のだぶついた腹に目を向けた。

「その腹では、益田半六と勝負になりませぬぞ。こんなところで、軍鶏鍋を突っついている場合ではござらぬ」

反論もできない。

桃之進が踏みこめない理由のひとつは、身を律して鍛えなおす自信がないこともあった。

「百足屋おもとのためなら、一念発起《いちねんほっき》するしかござりますまい」

どうするかの判断は、この期《ご》におよんでも、つきかねている。

俄然、有能な配下に豹変《ひょうへん》したふたりが、今宵《こよい》ばかりは恨めしく感じられた。

九

翌朝から、安島は鬼と化した。

「それがし鍛えて進ぜましょう」

桃之進は番町の家から連れだされ、まずは、家のまえの芥坂を三往復ほど走らされた。

さらに、御厩谷《おんまやだに》を下って馬場へ向かうと、二本の立木のあいだに綱が一本張られている。

「あの木に登っていただきます」

安島は嬉々《きき》として言いはなち、桃之進の尻を叩いた。

木に登ると、綱にぶらさがって猿《ましら》のように渡ってこいと命じられる。

「こんなことが何になるのだ」

木の上で縮みあがりながら文句を言えば、これも試練にござりますと、安島は芝居《しばい》がかった台詞を吐いた。

綱にぶらさがってみると、自分の重さがすべて肩に掛かってくる。

予想以上にきついことがわかり、途中からさきへ進めなくなった。

地上までは二間（約三・六メートル）余りもあり、落ちれば足を挫《くじ》いてしまいかねない。

猿になれ、猿になれと、必死にみずからを鼓舞し、どうにか渡りきった。

「その意気にござります」

安島は煽るだけで、自分は何もしない。

もっとも、鮟鱇《あんこう》のように肥えたからだで、同じことができようはずもなかった。

肩で息をしながら地べたに蹲っていると、安島が恫喝するように喋りかけてくる。

「つぎは宙吊りになっていただきます」

ぴんと張られた綱のまんなかに滑車が取りつけられ、別の綱が一本渡された。

綱の先端に両方の足首を結びつけ、安島は滑車を使って綱を引っぱりはじめる。

あれよというまに、桃之進は宙吊りにされた。

さきほど食べたばかりの味噌汁《みそしる》が、喉元まで戻りかける。

「されば、そのまま上体を起こしていただきます。はい、一と二、三と四……」

十までいかぬうちに、腹の表面が痙攣《けいれん》しだす。

「……も、もういかぬ……お、降ろしてくれ」

「まだまだ。何事も最初が肝心にござる」

罪人に責め苦を与えるのと同じだ。

頭に血がのぼり、気を失いかけた。

それでも、どうにか二十までは粘ったものの、宙吊りの状態で味噌汁を吐いた。

安島は慌てもせずに綱を降ろし、水のはいった竹筒を手渡してくる。

「おもったよりも、いけそうにござりますな」

平然とうそぶき、三尺（約九〇センチ）余りの長太い木刀を振りはじめた。

桃之進は愕然《がくぜん》とする。

「まさか、つぎはそれをやれと申すか」

「さようにござる。さあ、百足屋の女主人を救うためにござるぞ」

煽られまいとおもっても、哀れなおもとの顔を頭に浮かべると、自然と力が湧きでてくる。

桃之進は木刀を手渡され、上段打ちを百回余りもつづけねばならなかった。

もはや、へとへとである。

それでも、家に戻って裃を纏い、城へ出仕しなければならない。

さらに、夕方も過酷な鍛錬が待っていた。

「やらせるほうも辛《つら》いのでござる。されど、すべては葛籠さまの本懐を遂げるため」

安島は涙さえ浮かべながら、大袈裟《おおげさ》なことを言ってのける。

だが、からだを苛《いじ》めつづけると、不思議と精神も研《と》ぎすまされていくのを感じた。

中途半端な気持ちが「本懐」に変わり、次第にその気になっていくのである。

そんなふうに五日が経過すると、木に張った綱を猿のように渡ることも、宙吊りにされて上半身を折り曲げることも、さほど苦ではなくなった。野太刀を想定した木刀の素振りは軽く五百回を超すようになり、鋼とまではいかぬまでも、腹の肉もきゅっと締まってきたのがわかる。

口に出さぬまでも、安島には感謝の念さえ抱いた。

そうしたおり、馬淵から訃報《ふほう》がもたらされた。

見習医者の若杉慶三郎《けいざぶろう》が首を縊《くく》ったというのだ。

「何だと」

まさに、不意打ちを食らった気分だった。

通夜《つや》が営まれたのは、軍鶏鍋を突っついた晩から六日目のことである。

若杉家は父の代から小普請組《こぶしんぐみ》に属する無役の旗本で、家を継いだ慶三郎は剣術より学問のほうが向いていたため、医術を志したらしかった。

夜になり、御徒《おかち》町の狭い家に伺ってみると、魂の抜け殻と化した母親がひとり、ほとけのそばにぽつんと座っていた。

縁者らしき者たちも見受けられたが、みるからによそよそしく、つきあいの薄さを感じざるを得ない。泣いている者すらなく、哀れさはいっそう募ったが、弔《ちょう》問客《もん》のひそひそ話に耳をかたむけると、由々しい事実が浮き彫りになった。

養生所で亡くなった三人の患者に鳥兜を処方したのは、どうやら、若杉であったらしいのだ。

「ひょっとしたら、それが原因《もと》で首を縊ったのかもしれませぬな」

安島の指摘するとおり、罪の意識に苛《さいな》まれていたにちがいない。

相談に乗ってやるべきだったと、桃之進は今さらながらに悔《く》やんだ。

憔悴《しょうすい》した母親のすがたをみていると、名状《めいじょう》し難い怒りが沸いてくる。

若杉は益田半六に脅され、崖っぷちまで追いつめられていた。

もしかしたら、患者に鳥兜を処方したのも、益田に命じられてわざとやったのかもしれない。

敬愛する石野誉は養生所から逐《お》われ、悪党どもの望むとおりになった。

悪事に加担したことに耐えられなくなったのだとしたら、若杉をそこまで追いつめた連中を許してはおけぬと、桃之進はおもった。

ほとけは首に晒しを巻いていたが、顔は眠っているようだった。

桃之進は焼香を終えて母親に一礼し、後ろ髪を引かれながら外へ出る。

軒下に下がった白張提灯《しらはりぢょうちん》のそばに、無精髭を生やした石野誉が立っていた。

目を赤く腫らし、しきりに洟水《はなみず》を啜っている。

可愛がっていた若杉の死が悲しいのだろう。

桃之進は声を掛けずにはいられなかった。

「石野先生」

「ん、誰だおぬしは」

「おもとどのの腹を開腹した際、手伝った者にござる」

「おお、そうであったな。あのときは若杉も手伝っておった。生きておれば、いずれはわしに替わって、剪刀で患者の腹を裂いていたであろうに」

「若い命が散ってしまうことほど、虚しいことはありませぬな」

「そのとおりだ。わしにひとこと、相談してくれたらよかったものを」

石野の胸元から、奉書紙《ほうしょがみ》の角が覗いている。

「もしや、それは遺書では」

「さよう。若杉はわし宛てに遺書をしたためておった」

「内容を、お教え願えませぬか」

「教えたら、何とかしてくれるのか」

「えっ」

「この遺書には、若杉が死にいたった心の動きが綿々と記されておる。他言できぬようなことも書いてあってな、じつを言えば、この遺書をどうすべきか悩んでおったところだ」

「書かれていたのは、自責の念では」

「ん、何故、おぬしにわかる」

「じつは、益田半六なる者に脅され、高麗人参を横流ししていたことを打ちあけられておりました」

若杉を一膳飯屋に誘って喋らせた経緯を述べると、石野は驚きつつもうなずいてみせた。

「高麗人参のことも、益田半六のことも書いてあった。そして、益田に命じられ、三人の患者にわざと毒を盛ったこともな」

「お上に訴えるべき内容にござりますね」

「そうかもしれぬ。されど、見習医者の世迷い言と一蹴《いっしゅう》されかねぬ。何せ、裏付けがないからな」

「よろしければ、それがしに遺書を預からせてもらえませぬか。駄目元で、薬園奉行に掛けあってみますが」

「あの男は駄目だ。されど、どうしてもと言うなら、預けよう」

石野は意外にも諾《だく》し、若杉の遺書を差しだす。

桃之進は、問わずにはいられなかった。

「預かっておいてお聞きするのも妙ですが、何故、それがしを信用してくださるのですか」

石野は少し黙り、優しい目を向けてくる。

「祈るすがたをみておったのさ。今宵《こよい》訪ねてきた連中のなかで、おぬしだけがほとけに心から弔意を捧げておった。おぬしはたしか、幕臣であったな」

「西ノ丸の留守居部屋に出仕してござる」

「ふむ。宮仕えの侍ほど頼りにならぬ者はないが、おぬしからは何か別の匂いを感じる。それゆえ、遺書を託す気になったのだ」

「別の匂いにござるか」

褒められたのだろうか。よくわからない。

「あの、ひとつお聞きしても」

「何だ」

「養生所へ戻りたいとはおもいませぬか」

「戻りたい。できればな」

間髪《かんはつ》を容《い》れず、石野はこたえる。

「わしの生きる場所は、あそこしかないとおもうておる」

力強いこたえに、桃之進は奮いたたされた。

十

翌日、桃之進は若杉の遺書を携えて薬園奉行の役宅を訪ねた。

あらかじめ伺うと伝えてあったので、漆原は待ちかまえており、以前にもまして横柄な態度で接してくる。

「何の用じゃ。忙しい身ゆえ、さほど長くはつきあえぬぞ」

「お手間は取らせませぬ」

辟易《へきえき》としながらも、桃之進は殊勝《しゅしょう》な態度で応じた。

さっそく、遺書を取りだしてみせると、漆原は舌打ちをする。

「今さら、かようなものを持ちこまれても困る。だいいち、益田半六なる者は知らぬし、首を縊った見習医者の記した内容が真実かどうかは証明できぬ」

少しは期待していたので、予想どおりのこたえに落胆を禁じ得ない。

「それに、これは石野誉に宛てた遺書ではないか。何故、おぬしは養生所を逐われた医者の肩を持とうとするのだ」

「真実を知ってほしかったからにござります。なるほど、若杉慶三郎は意志の弱い侍でした。脅されてやったにせよ、三人の患者を亡き者にした罪は重大でござる。されど、漆原さまには物事の裏をお考えになっていただきたい。患者殺しは、石野誉を養生所から逐うために仕組まれたことにござります。石野がおらぬようになれば、得をする者がいる。その者が益田半六に命じて、やらせたことに相違ござらぬ」

「ちなみに、聞いておこうか。石野が逐われるのを望む者とは、誰なのじゃ」

桃之進はもったいぶるように間を置き、自分でも驚くほどの大声をあげた。

「越中屋勝右衛門にござります」

庭から廊下に吹きぬける風が止まり、遠くから鳥の鳴き声が聞こえてくる。

「笑止」

と、漆原が吐きすてた。

「邪推《じゃすい》も甚《はなは》だしいぞ」

「お待ちを。漆原さまのためにも、申しあげておるのでござる。前奉行の岡野長春さまが何故、命を縮めたか。それは、越中屋とあまりに近しい間柄になったからにござります」

「すると何か、岡野どのは越中屋の差し金で亡き者にされたと申すのか」

「それがしは、そのように推察しております。驚くなかれ、越中屋に命じられて岡野さまを斬った者の名が、益田半六なのでござります」

「で、わしも越中屋と親しくなれば、益田某の餌食《えじき》になると、そういうわけか」

「はい」

「くふっ」

漆原は噴きだし、上目遣いに睨みつけてくる。

「葛籠よ、おぬし、狂うたな」

「はあ」

「さもなければ、わしが羨ましゅうて、ありもせぬ絵空事を描いたのであろう。さようか、やはり、おぬしも甘い汁が吸いたいか」

「いえ、そういうことでは」

「越中屋は使い道のある商人じゃ。酸いも甘いもわかっておるし、汚い言い方をいたせば、金蔓《かねづる》にもなる。罪人に仕立てたとて、一徳もないどころか、大損をこくだけのはなしじゃ」

「まんがいち、筋金入りの悪党であったら、どうなされます」

「おいおい、わしを誰じゃとおもうておる。元年番方の漆原帯刀ぞ。小賢しい商人から手玉にされてなるものか。ふふ、なれど、おぬしが案じてくれた気持ちは、ありがたく受けておこう。いつになく真剣な眼差しゆえ、ちと驚かされたぞ。まあ、案ずるな。見習医者がひとり首を縊ったからというて、大事にはならぬ。敢えて波風を立てることもあるまい。そのうち、おぬしにも甘い汁を吸わせてやるゆえ、首を長くして待っておれ」

やはり、取りつく島がない。

わずかでも望みを抱いた自分が莫迦だった。

ただ、これで取るべき道がひとつに絞られたのも事実だ。

桃之進はすっきりした顔で、役宅をあとにした。

門から外へ出ると、貝髷《ばいまげ》の色っぽい女がやってくる。

百足屋のおもとだ。

「あっ」

ふたり同時に叫び、頰をぽっと赤く染めた。

「……ど、どうなされたのだ」

桃之進が動揺しながら問うと、おもとは分厚い帳面をみせる。

さまざまな筆跡で人の名が書かれていた。

「とりあえず、ぜんぶで五百人ほど集めました。何人かで手分けして今もつづけておりますから、千や二千はすぐに集まるとおもいます」

「……こ、これは」

「石野先生に養生所へ戻っていただくための嘆願書です。わたしたちはみんな、先生に戻ってきてほしいのです」

大勢の心ある者たちの名を連ねた嘆願書を、おもとは薬園奉行のもとへ届けにきたのだ。

「石野どのが、ここまで信頼されておったとはな」

桃之進は感動を禁じ得ない。

しかし、せっかくの嘆願が漆原に握りつぶされるのは、火を見るよりもあきらかだった。

おもとは悲しげな顔をする。

「されど、ほかに方法が浮かびません」

「そうだな」

桃之進は思案投げ首で考え、ひとつの案を捻りだした。

「同じ駄目でも、やってみる価値のある方法がひとつある」

「まことにございますか。それは何です」

「目安箱《めやすばこ》だ」

「あっ、なるほど。公方《くぼう》さまに訴えるのですね」

「十中八九、お取りあげになられぬであろう。されど、養生所は人々の暮らしにとって扇《おうぎ》の要《かなめ》とも言うべきところ。それゆえ、一考の余地ありと、幕閣のお偉方にお命じになるやもしれぬ」

「目安箱に賭けてみましょう」

おもとは小鼻をぷっと張り、大きな目をきらきらさせる。

「三日後の二十八日は、毘沙門天《びしゃもんてん》の斎日《さいにち》にございます。毎年、商売繁盛を祈念すべく神楽坂《かぐらざか》の善國寺《ぜんこくじ》へ詣り、百足小判のお守りを求めてまいるのですが、よろしければごいっしょしていただけませぬか」

「えっ、よいのか」

「目安箱のご利益があるよう、葛籠さまとお祈りしとうございます」

潤んだ瞳で懇願され、抱きしめたい衝動に駆られる。

桃之進は必死に怺《こら》え、ともに祈念することを誓った。

十一

二日後、夜。

桃之進は馬淵とともに、日本橋室町《にほんばしむろ》の浮世小路《うきよこうじ》に潜んでいる。

ここ数日、馬淵は益田半六の動きを追っていた。

もちろん、闇討ちにするためだ。

引っくくって罪を吐かせようとも考えたが、中途半端な対応が利かぬ相手だけに、確実に仕留める手を選ばざるを得なかった。

桃之進としては、若杉の仇《あだ》を討つ心積もりも当然ある。

益田は駿河台《するがだい》にある実家の旗本屋敷で起居しており、夜な夜な色街に繰りだしては呑みあるいていた。馴染みの岡場所もあれば、破落戸《ごろつき》浪人どもが屯《たむろ》する河岸《かし》などにも出入りしたが、浮世小路にやってくるのはめずらしい。

室町三丁目から東にはいる小路は二十間（約三六メートル）ほどの奥行きで、どんつきは魚河岸からつづく伊勢町《いせちょう》堀《ぼり》の堀留《ほりどめ》である。北寄りの塩河岸《しおかし》には、金満家《きんまんか》の商人が身分の高い役人を接待する『百川《ももかわ》』という高級料理屋があった。

「ふらりと迷いこむにしても、益田には不似合いなところですな」

馬淵は不審げに首をかしげる。

ふたりはこの狭くて暗い小路で、益田を見失っていた。

酒を呑ませる見世は何軒か並んでいるので、何処かに雲隠れしてしまったにちがいないのだが、どうも動きが怪しい。

「誰かの命を狙っておるのやもしれませぬな」

前薬園奉行の岡野長春が斬られたのも、宴席の帰り道であったという。

「柳橋の露地裏にござりました」

もしかしたら、飼い主の越中屋が『百川』で誰かを接待しているのかもしれない。

今宵の主賓《しゆひん》こそが益田の狙う獲物だとすれば、安島に命じて越中屋のほうも見張らせておけばよかったとおもった。

今さら悔やんでも遅い。

夜は更け、帰りの客を乗せる宿駕籠が『百川』のほうへ向かっていく。

宿駕籠を除けば、小路を行き交う人影は無きに等しい。

存外に、得物を狙うにはうってつけの場所かもしれぬ。

「やっぱり、益田はやる気だな」

桃之進は印籠《いんろう》から、小さな紙包みを取りだした。

紙包みを開くと、粉薬がはいっている。

これを口にふくみ、竹筒の水で流しこんだ。

馬淵が尋ねてきた。

「それは何でござりますか」

「猛角散。百足を砕いて粉にした強壮薬だぞ。おぬしも呑むか」

「いいえ、遠慮しておきます」

そんな会話を交わしていると、どんつきのほうから、役人らしき月代侍がひとり千鳥足《ちどりあし》で歩いてきた。

「駕籠も使わず、物騒ですな」

「ん、あれは」

おぼえのある風体である。

漆原帯刀にほかならない。

「あやつが獲物か」

察すると同時に、桃之進は駆けだしていた。

おもったとおり、漆原の背後に別の人影があらわれる。

大股でぐんぐん迫り、腰に差した二刀を両手で抜きはなつ。

「くせものっ」

桃之進は叫んだ。

漆原が気づき、駆けだそうとする。

「ぬわっ」

躓《つまず》いた。

そこへ、初太刀が振りおろされる。

白刃は空を切り、刺客の舌打ちが聞こえてきた。

よほど力量に自信があるのか、顔を隠してもいない。

月に照らされた益田半六の顔は、はんぺんに目鼻をつけたような生白く薄っぺらな顔だった。

だが、目つきだけは尋常でない。

暗闇で赤く光る山狗《やまいぬ》のごとき目で、こちらを睨みつけてくる。

桃之進は五間（約九メートル）の間合いまで駆けよせ、愛刀の孫六兼元を抜いた。

三本杉の刃文が、月光に煌《きら》めく。

益田は左右に刀を握ったまま、ぴくりとも動かない。

漆原は地べたに這いつくばり、芋虫のように蠢《うごめ》きつつ、どうにか逃れようとしている。

「うぬは何者だ」

益田に問われても、桃之進は応じない。

応じるかわりに、全身から殺気を放った。

「ふん、刺客を刈る刺客というわけか。よかろう、勝負してやる」

「のぞむところ」

動こうとした途端、転びそうになる。

みれば、漆原が臑《すね》に縋《すが》りついていた。

「葛籠、助けてくれ」

蒼白な顔で懇願されても、邪魔なだけだ。

「御免」

髷を摑み、引きはがした。

「嫌じゃ。離れぬぞ」

なおも縋りつこうとするので、腹に蹴りを入れる。

「ぬぐっ」

漆原は苦しげに呻き、嘔吐しはじめた。

その様子を、益田は蔑《さげす》むようにみつめている。

「そやつは使えぬ阿呆奉行だ。黙っておればよいものを、欲を掻いて賄賂を増やせとほざきおった」

「前薬園奉行の岡野長春も、そうであったのか」

「役人なんぞ、みな同じだ。強欲でしみったれで、おのれのことしか考えておらぬ。そんなやつらは、束にまとめて地獄へ堕《お》ちればよいのだ」

「日の目の当たらぬ部屋住みの、ひがみにしか聞こえぬがな」

「ほう、わしの素姓まで調べたか。ならば、どうあっても生かしてはおけぬな」

身を乗りだす相手の鼻先に、桃之進は白刃の先端を翳《かざ》す。

「ひとつだけ、聞いておこう。おぬしに殺しを命じたのは、越中屋か」

「ああ、そうだ。やつほどの悪党はおらぬ。されど、金蔓ゆえに、言うことを聞いておるのさ」

「なるほど」

「得心したところで、詮方あるまい。おぬし、今から死ぬのだぞ」

「さて、どうかな」

桃之進は下段青眼《せいがん》に構え、つんと切っ先を突っかける。

益田は左手の脇差で受けながし、右手の刀を袈裟《けさ》に斬りさげてきた。

——ぶん。

凄《すさ》まじい刃風が、鬢《びん》を震わせる。

仰《の》け反《ぞ》るや、益田が攻勢に出た。

「ふん」

地を蹴って跳躍し、両刀を顔の正面に立てる。

拝むような姿勢から、ぱっと左右に斬りおろした。

心形刀流の奥義、拝み富士である。

二刀が大きく八文字を描き、相手に抗う隙《すき》を与えない。

ただし、撃尺の間合いには遠すぎた。

桃之進は右八相《はっそう》に構え、太刀筋をじっと睨んでいた。

「ふはは、拝み富士に臆せぬとは、たいした肝の太さじゃ。されど、わしの相手ではない。本気でまいるぞ」

発したそばから、二刀が交互に襲いかかってくる。

「ほれ、ほれ」

弾いても受けても、車軸が回転するように上から横から斬りつけてくる。

桃之進は防ぎながら、どんどん後退していった。

「くふふ、遊びは仕舞いじゃ」

言うが早いか、益田はまたも跳躍した。

さきほどよりも一段と高く、月を背にして覆いかぶさってくる。

「ぬわっ」

桃之進が海老反りになって見上げたとき、一本の矢が背後から飛んできた。

――ひゅん。

益田が中空で体勢を崩す。

矢は右臑を射抜いていた。

「今でござる」

馬淵の声に反応し、桃之進は孫六を下から斜めに薙《な》ぎあげた。

――ばしゅっ。

大ぶりの一撃が右肘《ひじ》を寸断する。

それでも、益田は残ったほうの左手で突きかかってきた。

最後の攻撃を難なく弾き、桃之進は大上段に構える。

「いやっ」

留めの一刀を繰りだした。

益田の額がぱかっと割れ、黒い血がどっと噴きだしてくる。

返り血を避けて飛び退くと、そこに漆原が座っていた。

「葛籠よ、かたじけない」

しらふに戻った顔で礼を言い、手を握ろうとする。

「やはり、おぬしは頼りになるのう」

これまでにみせたこともない殊勝な態度で、金輪際《こんりんざい》、越中屋とは手を切ると約束した。

ただ、今宵の宴席を催した相手は、越中屋ではないらしい。

「別の薬種問屋に、どうしてもと誘われてのう」

漆原は眉を八文字に下げ、申し訳なさそうにこぼす。

桃之進は血振りを済ませて納刀し、惨状に背を向けた。

弓を提げた馬淵が、暗がりで待っている。

「すまぬな。おぬしにひとつ借りができたわ」

「何の、想定内にございます」

「えっ、わしが負けるとでもおもうておったのか」

問うまでもないとでも言いたげに、馬淵は苦笑する。

「そんなことより、もうひとり悪党が残っておりますぞ」

狡賢《ずるがしこ》そうな「禿げ爺」の顔をおもいだし、桃之進は気を引きしめた。

十二

二十八日は毘沙門天の斎日、神楽坂の善國寺では使わしめの百足を小判のかたちにした「百足小判」を売りだす。百足屋のおもとは縁起物の「百足小判」を買うべく、毎年一番乗りをめざすと聞いたが、辰《たつ》の五つ（午前八時頃）を過ぎてもいっこうにあらわれる気配はない。

すでに、約束の刻限は一刻半（約三時間）ほど過ぎていた。

参道を何往復かしてみたが、長蛇の列におもとのすがたをみつけることはできなかった。

桃之進はひとり、山門の脇に佇んでいる。

のっぴきならない用事でもできたのだろうか。

「それとも……」

少しばかり、胸騒ぎがしてくる。

あきらめて山門から離れかけたとき、誰かの叫ぶ声を聞いた。

「葛籠さま、たいへんだ……」

声のほうをみやれば、老婆がよたよた駆けてくる。

金貸しのおとくだった。

足を縺れさせたので、駆けよって抱きおこす。

「……お、おもとさんが……か、拐《かどわ》かされた」

「何だと。それは、いつのはなしだ」

「今朝方だよ。見知らぬ浪人たちがやってきて、店から引っこぬくように連れていったのさ」

「みておったのか」

物陰で震えながら、一部始終を眺めていたらしい。

おとくもいっしょに善國寺へ詣る約束をしており、店へ呼びにいったちょうどそのときだったという。

「すぐに番屋に駆けこんだのさ。でも、とろい連中でね。あの調子じゃ、おもとさんはみつかりっこない」

思案していたら、桃之進のことをおもいだした。

「おもとさんに誘われて、善國寺に来ているはずだってね。おもとさんにほの字のあんたのことだから、山門脇で阿呆みたいに突っ立っているにちがいない。そうおもって、神楽坂をえっちらおっちら上ってきたんだよ。そしたら、やっぱりいた」

放っておいたら、永遠に喋りつづけているだろう。

桃之進は報せてくれた礼を言い、脱兎《だっと》のごとく駆けだした。

行き先は決まっている。

日本橋本町二丁目の越中屋だ。

おもとを拐かすとすれば、越中屋勝右衛門しかいない。

目安箱のことを小耳に挟み、怒りにまかせて強硬手段に出たのであろう。

桃之進は急坂を駆けおりながら、冷静に筋を読んだ。

越中屋はいったい、おもとをどうしたいのだろうか。

石野誉を戻すための嘆願書を破りすてるだけでは飽き足らず、おもとを亡き者にするのではあるまいか。

最悪の事態が脳裏を過り、焦るおもいに拍車が掛かる。

日本橋にたどりついたときは、髷も着物も乱れきり、全身汗だくになっていた。

だが、気力は衰えていない。

越中屋と刺しちがえてもいい、とまでおもっている。

金貸しのおとくが言うように、おもとに惚れてしまったのかもしれない。

惚れたおなごを奪いかえすのだという使命に燃え、うだつを立てた越中屋が近づくにつれて、気持ちはどんどん高揚していく。

陽光はまだ、冲天《ちゆうてん》より東にあった。

広い敷居をまたぐと、薬種の匂いが漂ってくる。

壁一面に薬箪笥《くすりだんす》が備えつけられ、無数にある小さな抽斗《ひきだし》が蜂《はち》の巣のようにみえた。

格子《こうし》の衝立で仕切られた帳場には、実直そうな番頭が座っている。

手代や丁稚《でっち》も忙しそうにしており、何処にでもある大店の風景だ。

「何かご用にございりましょうか」

番頭が衝立から、長い首を差しだす。

桃之進は落ちついた口調で質した。

「ご主人はおられようか」

「留守にしておりますので、番頭の手前が承《うけたまわ》りますが」

「ふむ。されば、お上の用向きでまいったゆえ、部屋あらためをさせてもらう」

「へっ。ここは旅籠《はたご》ではございりませぬが」

「わかっておる」

桃之進は草履《ぞうり》を脱ぎ、板の間に足を踏みいれた。

「困ります。勝手にあがっては困ります」

「何か、困るようなことでもあるのか」

立ちはだかる番頭を押しのけ、奥へとつづく廊下へ向かう。

「誰か、誰か出てきてください」

番頭が後ろで素《す》っ頓狂《とんきょう》な声をあげた。

やにわに、強面《こわもて》の浪人者が登場する。

「待たれよ。ここからさきは通すわけにいかぬ」

刀の柄に手を添えても、桃之進の勢いは止まらない。
「止まらねば斬る」
抜刀しかけた相手の懐へ踏みこみ、ずんと当て身をくれた。
ものの見事にきまり、浪人者はその場にくずおれる。
さらに、ずんずん廊下を進むと、今度はふたりの破落戸《ごろつき》浪人があらわれた。
おおかた、おもとを拐かした連中であろう。
越中屋に端金《はしたがね》で雇われたのだ。
「怪我《けが》をしたくなければ、そこを退け」
桃之進の迫力に気圧《けお》されつつも、ふたりは抜刀してみせる。
だが、腰はふらついていた。
竹光《たけみつ》のほうがお似合いの連中だ。
桃之進は身を沈め、間合いを詰めた。
「死ね」
ひとりが右前から突きかかってくる。
これを斜《はす》に躱《かわ》し、孫六を抜きはなった。
抜き際の一刀でひとり目の髷を飛ばし、別のひとりは峰に返して小手を打つ。

「ぎぇっ」

ふたり目が刀を落とし、両膝を床についた。

その脇を難なく擦りぬけると、またひとり髭面の男が待っていた。

「通さぬぞ」

腰を落として抜刀し、下段青眼に構えてみせる。

今までの三人より、少しはできそうな相手だ。

桃之進は慎重に間合いを詰め、何故か、孫六を鞘《さや》に納めた。

胴を晒してやると、相手は誘いと知らずに飛びこんでくる。

「うりゃっ」

天井は低いので、上段に振りかぶってはこない。

突くとみせかけ、水平打ちを繰りだしてきた。

桃之進は膝を曲げ、頭をさげる。

――ぶん。

本身が唸りをあげ、頭上すれすれを通りすぎた。

そして、真横の柱に食いこみ、刃が抜けなくなる。

桃之進は低い姿勢のまま脇差を抜き、相手の臑を斬った。

「ひゃっ」

骨まで達する傷だが、命に支障はあるまい。

脇差を鞘に納め、臑を抱えて転げまわる浪人を尻目に、さきへ進む。

背後では奉公人たちが騒いでいるものの、まったく気にはならない。

どんつきの部屋は仏間のようだ。

抹香《まっこう》臭さが廊下にも漂ってくる。

微塵の躊躇もなく、襖障子《ふすましょうじ》を開けた。

「ぬわっ」

叫んだのは、仏間を背にした勝右衛門だ。

おもとを抱きよせ、白い喉に千枚通しを押しつける。

「寄るな。寄れば、女を刺すぞ」

桃之進は一歩も動けない。

おもとは後ろ手に縛られ、猿轡《さるぐつわ》まで嚙《か》まされていた。

「越中屋、おぬし、そこまで追いつめられておったのか」

「黙れ。あんたは何者だ。町奉行所の隠密廻りか」

「とんだ的外れだな。わしはただの木っ端役人さ」

「木っ端役人が、どうしてこのような立ちまわりを。何故、吹けば飛ぶような薬屋の未亡人を救おうとする」

「難しい問いだな」

おもとが懇願するような目を向けてきたので、桃之進は耳まで赤く染めた。

「まさか、あんた、おもとに惚れておるのか」

越中屋は笑った拍子に、千枚通しでおもとの喉を刺す。

「あっ」

つっと、赤い血が流れた。

皮膚を破いた程度の傷だが、怒りが込みあげてくる。

「莫迦者、気をつけろ」

「うるさい。駒を握っているのはこっちだ。二刀を捨てろ」

言われたとおり、二刀を鞘ごと抜いて抛《ほう》った。

「よし、それでいい」

勝右衛門が、ふっと力を抜く。

と同時に、おもとが片足を振りあげた。

足の甲めがけ、どんと踵《かかと》を落とす。

「痛っ」

勝右衛門は前のめりになった。

すかさず、桃之進は身を寄せる。

「ねいっ」

飛蝗《いなご》のように跳ね、顔面に膝蹴りをくれる。

――ばきっ。

鼻の骨が折れた。

勝右衛門は後方に蹌踉《よろ》めき、仏壇もろとも倒れていく。

焼香台から落ちた灰が濛々《もうもう》と舞うなか、桃之進はおもとを救いだした。

猿轡を外して縄を解くと、からだごとぶつかるように抱きついてくる。

「葛籠さま、来てくだすったのですね」

「……あ、ああ」

「わたし、信じておりました」

温もりとともに、そのひとことが欲しかったのかもしれない。

桃之進はのぼせあがり、家族のことすらも忘れていた。

十三

縄を打たれた越中屋は、みずからの犯した罪をみとめた。

おかげで、石野誉は謹慎を解かれることとなったが、数日ののち、養生所に関わった誰もが歓声をあげるような奇蹟《きせき》が起こった。

薬園奉行を逐われずに済んだ漆原のもとへ、石野を養生所へ連れもどすようにとの上意が下されたのである。

「上意ってのは、公方さまのご意向だろう」

「ああ、そうだよ」

養生所の患者たちは病も忘れ、噂話に花を咲かせた。

「どうやら、目安箱の嘆願書をお読みになったらしいんだ」

「ほう、それで」

「『良医を戻すべし』ってね、公方さまから鶴《つる》の一声があったんだと」

「これで、めでたしめでたし。終わりよければすべてよしってわけだね」

桃之進は噂話を耳にしながら、養生所の表口で惚けたように立っている。

正月晦日《みそか》、鶯《うぐいす》の初音《はつね》を耳にしたような気もするが、落胆しすぎて、まわりの物音はすべて雑音にしか聞こえない。

自分がおめでたいやつだということを、今日ばかりは痛感させられた。

石野誉はもうすぐ、養生所へ戻ってくる。

みなで盛大に迎えてやろうという誘いかけに乗り、いそいそとやってきた。

数日ぶりで、おもととも再会できた。

助けだした直後から、体調を崩して床に伏せっていたのだ。

元気なすがたに安堵すると同時に、うっとりするようなことばを期待した。

そこで、告白されたのである。

「今日という日を、どれだけ心待ちにしていたことか。わたし、ずっとまえから石野先生を慕《した》っていたんです」

あんぐりと開けた口を閉じることができなかった。

傍《はた》からみれば、かなりの阿呆面だったにちがいない。

我に返り、強《こわ》ばった顔で笑ってみせたが、頭のなかは真っ白だった。

「葛籠さまのことを、石野先生は褒めておいででした。宮仕えの小役人にしてはめずらしく、骨のあるお方だと。だからきっと、わたしを救いにきていただけると信じていたのです。ありがとうございました。葛籠さまのおかげで、生きてまた石野先生にお会いすることができます。ほんとうに、お礼のしようもございません」

　顔もまともにみられず、喋ることばも頭にはいってこなかった。

　ただ、悲しげに笑いながら、石野誉の凱旋《がいせん》を待ちつづけるしかないのだ。

　やがて、おもとはかたわらを離れていき、代わりに誰かが近づいてきた。

「葛籠よ、おぬしのおかげで万事上手くいきそうじゃ」

　漆原帯刀にほかならない。

　もっとも近づいてほしくない相手だ。

「欲を掻くのはよくないのう。今度ばかりは、おぬしに学ばせてもろうたわ。やっぱり、わしの見込んだだけの男であったな。これからも、よろしゅう頼むぞ」

「はあ」

「そう言えば、お上からもうひとつ許しが出た。養生所で使用するものにかぎり、御薬園で高麗人参の栽培を許していただけるそうじゃ」

「さようですか」

「おや、たいして驚かぬな。お許しが出た祝いに、おぬしの手で『禁足』の札を抜かせてやろうとおもうたに」

「どうぞ、ご自分でお抜きくだされ」

「ん、よいのか」

やたら機嫌のよい漆原には「風見鶏《かざみどり》」という綽名《あだな》をつけてやろう。

「それにつけても、百足屋の未亡人は今日は一段と色っぽいのう。あれはいずれ、髭の石野と所帯を持つぞ」

役立たずの薬園奉行は傷口に塩を擦りこみ、意気揚々と遠ざかっていく。

——ほぅほけきょ。

唐突に、鶯が鳴いた。

何やら、辛《つら》い。

桃之進は春風を頬に受けながら、人知れず養生所をあとにした。

呑《の》みこみ山の寒烏《かんがらす》

一

如月《きさらぎ》七日。

今日は稲荷《いなり》を奉じる初午《はつうま》、家々の軒下《のきした》には地口行燈《じぐちあんどん》が掛かり、かんから太鼓《だいこ》が鳴りわたるなか、洟垂《はなた》れどもは大人に小遣いや菓子を貰《もら》おうと、露地《ろじ》から露地へ駆《か》けまわっていた。町内にかならずひとつは稲荷の社《やしろ》があるので、武家地以外はたいそうな賑《にぎ》わいだった。

お祭り気分の余韻《よいん》も残る雀色刻《すずめいろどき》、西ノ丸からまっすぐ帰宅する気分にならず、呉服橋門のほうまで遠回りをし、木原店《きはらだな》の『おかめ』に向かった。

北町奉行所勤めのときは、毎夕のように通った居酒屋だ。

ふっくらした美人女将《おかみ》の顔を頭に浮かべ、桃之進はにやつきながら露地裏へ踏みこむ。すると、聖天《しょうてん》稲荷のそばで、同じ年恰好《かっこう》の月代侍《さかやき》が三人組の若侍に囲まれていた。

年末から巷間《こうかん》で話題になっている「小役人狩り」らしい。

役の無い旗本の次男坊や三男坊が徒党を組み、弱そうな役人の財布を狙《ねら》って襲うのだ。まがりなりにも幕臣の師弟たちが辻強盗をやっているのだから、嘆《なげ》かわしい世の中と言わざるを得ない。しかも、通い慣れた道筋での出来事だけに、みてみぬふりはできなかった。

桃之進は袖《そで》を靡《なび》かせ、まっすぐ三人組の背後へ迫っていく。

「おい、何をしておる」

声を荒らげてみせると、三人が同時に振りむいた。

髭《ひげ》の薄く生えた若造たちだが、図体だけは一人前に大きい。

帯に二刀も差しており、威嚇《いかく》するように右手を刀の柄《つか》に添える。

「何じゃ、おぬしは。邪魔だていたすと承知せぬぞ」

見掛けで勝てると踏んだのか、居丈高《いたけだか》な態度をくずさない。

悪行に手慣れている感じもするし、ここはひとつ、痛い目をみさせてやるしかなかろう。

「抜けば、おぬしの手首を落とすぞ」

一番近いひとりを、桃之進は静かに脅す。

「口三味線《くちじゃみせん》だな」

「そうおもうなら、抜いてみるがよい」

顎《あご》をしゃくると、若造は身を強《こわ》ばらせた。

額《ひたい》には脂汗《あぶらあせ》が滲《にじ》んでくる。

「抜かぬなら、去るがよい」

助け船を出したつもりが、相手は一か八か抜きにかかった。

——しゅっ。

本身が光る。

と同時に、若造は刀を取りおとした。

「ひぇっ」

手首も落とされたとおもったのか、悲鳴をあげる。

だが、右の手首はちゃんとついていた。

痺《しび》れているのは、桃之進に扇子《せんす》で叩《たた》かれたからだ。

「去れ。つぎは手首どころか、首を落とすぞ」

三人組は後退《あとじさ》り、尻をみせて逃げだした。

囲まれていた月代侍が、深々と頭を垂れる。

「お見事にござる。誰ひとり傷つけず、じつに鮮《あざ》やかな手並みにござりました。それがし、寺社奉行吟味物調役《ぎんみものしらべやく》の腰塚孫兵衛《こしづかまごべえ》と申します」

肩書きがずいぶん長いなとおもいつつ、桃之進も名乗った。

「西ノ丸留守居付、葛籠桃之進にござる」

「葛籠さま。いや、すばらしい。お見受けしたところ、さほど強くもおもえぬ。にもかかわらず、あの落ちつきよう、そして、意表をついた扇子の居合抜き。何から何まで、お見事と申しあげるしかない。ひょっとしたら、どなたかの密命を帯びた隠密《おんみつ》なのではないかと、それがしは疑いましたぞ」

「隠密などと、滅相もない」

と応じながらも、まんざらでもない顔をする。

「よろしければ、一献差しあげたい。いかがです」

「じつは、そのさきの赤提灯《あかちょうちん》へ向かうところでな」

「美人女将の見世《みせ》でござるな」

「ご存じなのか」

「四度目にござる。ほとけの顔も三度と申しますし、四度目は邪険にされるかも」

ということは、三度目までは愛想よくされたことになる。

よくみれば優男《やさおとこ》風で、みてくれはわるくないし、少しばかり嫉妬《しっと》をおぼえたが、ともかくも先に立って進み、桃之進は馴染《なじ》んだ縄暖簾《なわのれん》を両手で分けた。

「あら、いらっしゃい」

女将のおしんが、いつもの屈託のない調子で笑いかけてくる。

三つ輪髷《まげ》に鼈甲簪《べっこうかんざし》をぐさりと挿《さ》し、年増《としま》の気《き》っ風《ぷ》と色気を隠そうともしない。身に纏《まと》う着物は媚茶《こびちゃ》のよろけ縞《じま》、襦袢《じゅばん》の襟《えり》は鹿《か》の子絞《こしぼ》り、帯は鬱金《うこん》色の亀甲《きっこう》繋《つな》ぎ、そして薄紫地に梅散らしの前垂《まえだ》れを掛けている。

歯は染めておらず、少し受け気味の口で喋《しゃべ》る。

笑ったときにできるえくぼが、何とも愛らしい。

見世のなかは混んでいたが、空《から》の酒樽《さかだる》をひっくり返した隅《すみ》の席が並んでふたつ空《あ》いていた。

「運だめしの席ですな」

と、腰塚が言う。

「よくご存じで」

「あの席に座って酔いながら、辛《つら》いこと、嫌なことをすべて吐《は》きだしてしまえば、すっきりすると、女将に教わりました。幾晩でも愚痴《ぐち》を聞いてもらえると告げられ、舞いあがったものの、ひとつだけ条件を課されましてな」

腰塚は眼差《まなざ》しをあげ、熊手の飾られた壁をみる。

熊手の隣には、鮑《あわび》の大杯が吊《つ》りさげてあった。

「うかむせにござる。あの大杯を七合《ごう》五勺《しゃく》の酒で満たし、ひと息に呑まねば、女将に愚痴を聞いてはもらえない」

「まさか、貴殿も呑んだのか」

「呑みました。美人女将と差しつ差されつ、その夢を果たしたいがために。たいして呑めもせぬ酒を呑み、気づいてみれば、見知らぬ裏長屋のどぶ板のうえで寝ておりました」

「ぷはっ。おぬし、やるではないか」

桃之進はおもわず、腰塚の肩を叩いた。

空樽《あき》に仲良く並んで座ると、おしんがさっそく燗《かん》酒を盃《さかずき》に注《つ》いでくれる。

「おふたりさん、お知り合いだったのですね」

と言われ、そういうことにしておいた。

浅蜊《あさり》の佃煮《つくだに》や炙《あぶ》った鯛《たい》の皮で二合空け、いさきの刺身や石鰈《いしがれい》の煮付けでまた一合空ける。口直しに独活《うど》の塩揉《も》みを齧《かじ》り、腹の減った腰塚は蓮根《れんこん》の田楽《でんがく》と茄子《なす》の鴫《しぎ》焼きで飯を二膳平らげた。

ふたりはすっかり意気投合し、肩を組んで見世をあとにするころには長年の友であるかのように振るまっている。

「いや、ははは、久方ぶりに楽しゅうござった。葛籠どの、お宅はどちらにござろうか」

「番町にござる」

「されば、拙者は御徒町ゆえ、これにておさらばにござる」

「いいや、鎌倉河岸《かまくらがし》から帰るゆえ、途中までは同じ方角だ」

「それはそれは」

「千鳥足《ちどりあし》のようだが、大丈夫か」

「おたがいさまにござるよ」

「また、三人組に囲まれるやもしれぬゆえ、神田川まで送って進ぜよう」

大路に出て日本橋を渡り、ふらつきながら向柳原《むこうやなぎわら》までたどりつく。

「ここでけっこう、とってんこう」

腰塚は鶏の鳴き声をまねてみせ、懐中から引札《ひきふだ》を一枚取りだす。

「土産《みやげ》にござる」

手渡された引札には色白の美しい武家娘が描かれ、余白に『うさぎ香《こう》』と書かれていた。

紅屋で売りだされた白粉《おしろい》か何かの引札であろうか。

「一橋治済《はるなり》さまのご側女、お梅《うめ》の方にござるよ。淡雪《あわゆき》のごとき肌にござりましょう」

「ん、ふふ、そうじゃな」

「そのお方が、それがしの獲物なのでござるよ」

「獲物、何じゃやそれは」

「ぷはは、戯《ざ》れ言《ごと》にござる。われら木《こ》っ端《ぱ》役人には高嶺《たかね》の花、引札を眺《なが》めて楽しむしかないお方にござります。されば、いずれまた近いうちに」

腰塚は陽気に言いはなち、手を振りながら去っていった。

桃之進も手を振り、暗い夜道を歩きはじめる。

「まこと、剽《ひょう》げた男よな」

みずからの置かれた立場を憂《うれ》い、上役連中の悪口を言いあった。

喋った中味はすっかり忘れたが、顎を外すほど笑ったのは確かだ。

楽しかったので、酒もすすんだ。

呑みすぎて酔いがまわっても、帰る道順をまちがえぬ自信はある。

鎌倉河岸のさきは駿河台だが、濠端《ほりばた》からの近道は夜盗や辻斬りの出没する護寺院《ごじいん》ヶ原《はら》を通らねばならない。さすがに、そちらは避《さ》けて武家地を迂回《うかい》し、ずいぶん長い道程を歩いて番町の入り口へたどりついた。

だが、番町の道は錯綜した迷路にほかならず、住人すらも迷ってしまう。

桃之進も例に漏《も》れず、寒風に震えながら彷徨《さまよ》いつづけ、明け方近くになってから、ようやく家にたどりついた。

二

翌八日は事納め、武家も商家も年神《としがみ》の棚を片付ける。

葛籠家では長い竹竿《たけざお》の先に籠《かご》を付け、大屋根のうえに掲げた。

これは「揚《あ》げ笊《ざる》」という厄除《やくよ》けの習《なら》わしだが、幸運を笊に呼びこむという希望も込められている。さらに、八日は針供養なので、豆腐《とうふ》に折れ針を刺した光景が何処《どこ》の家でも見受けられた。

絹は朝早く起き、六質汁《むしつじる》と呼ぶごった煮の汁をつくった。芋、人参《にんじん》、牛蒡《ごぼう》、蒟蒻《こんにゃく》、焼豆腐《やきどうふ》、赤大豆《あかだいず》といった具を、煮えにくいものからおいおいに入れ、味噌《みそ》を合わせてとく。おいおいは「甥甥《おいおい》」と書くので従弟《いとこ》汁とも称されるが、これがことのほか美味《うま》い。

食卓を囲む勝代の口から、唐突に「うさぎ香」という台詞《せりふ》が飛びだした。

「美肌になるという謳《うた》い文句につられ、大金を叩《はた》いてしまいました」

いつになく殊勝《しゅしょう》な態度でこぼすので、いったいいくら使ったのかと問えば

「一両二分」とこたえる。

「えっ」

桃之進は顎を外しかけた。

ほかの連中はすでに知らされていたらしく、別段、驚きもしない。

ただ、勝代に冷たい眼差しを送るだけだ。

取りだした容器は紅猪口《ちょこ》に使う小ぶりな二枚貝の貝殻《かいがら》で、片側の貝殻に滑《すべ》り気《け》のある白い飴《あめ》状のものが詰《つ》まっていた。

「膏薬《こうやく》のようですな」

匂いを嗅《か》ぐと、芳《かぐわ》しい梅の香が仄《ほの》かに漂う。

これを指先で掬《すく》って水に溶かし、顔に塗りたくるのだという。

「浅草花川戸《はなかわど》の梅園屋《うめぞのや》でしか売っておらぬのですよ。売りだせば、半日足らずで

完売するほどの評判でしてね、驚くなかれ、白い粉は亀戸《かめいど》にある石宝寺《せきほうじ》のご本尊を削《けず》ったものだとか」

桃之進も聞いたことがある。石宝寺は石を本尊にしているめずらしい寺だ。

「霊験あらたかなお石さまのお力を借り、永遠の美しさを手に入れる。一両二分でそれができれば、けっして高い買物とはおもえませぬ」

「いえいえ、母上、たかが石ではございませぬか」

桃之進はさすがに文句を言ったが、勝代にはまったく効き目がない。

「それほど疑うなら、今からみなで石宝寺へ参りましょう」

最初からそのつもりだったのか、懐中から引札を取りだしてみせる。

あきらかに、それは腰塚孫兵衛から「土産」に貰ったのと同じものだ。

「この引札を持っていけば、ご住職から美肌祈願《きがん》の祈禱《きとう》をやってもらえるのですよ。ならば、行かずばなりますまい。のう、絹どの、おまえさまにも使わせてさしあげるゆえ、いっしょに参ろう」

「よろしゅうございますとも。亀戸と申せば、梅屋敷の臥龍梅《がりゅうばい》も見頃を迎えておりましょう」

絹も遊山《ゆさん》気分で気軽に応じたので、桃之進は付きあわされる羽目になった。

番町から亀戸までは歩けば遠いが、牛込門《うしごめもん》のさきから小舟を仕立てていけば、さほど遠くは感じない。

神田川をまっすぐに滑り、柳橋から大川に漕《こ》ぎだし、新大橋の対岸めがけて斜めに突っ切る。放生会《ほうじょうえ》のときに訪れる万年橋《まんねんばし》から小名木川《おなぎがわ》にはいり、十間川《じっけんがわ》から つづく釜屋堀《かまやぼり》との交叉点まで進めば、田圃《たんぼ》のただなかに鎮守《ちんじゅ》の森がみえてくるはずだ。

五百羅漢《らかん》で知られる羅漢寺も近いので、何度か訪れた界隈《かいわい》だが、古刹《こさつ》でもない石宝寺に参じたことはなかった。

勝代に誘われなければ、死ぬまで参じることはなかったであろう。

立派な山門を潜りぬけると、参道は大勢の参詣客で賑わっていた。

しかも、女ばかりである。

年齢はまちまちで、御殿女中らしき一団もいれば、妙齢の町娘から白髪の老婆まで見受けられた。いずれにしろ、桃之進はひとりだけ場違いな印象だが、勝代はまったく気にしない。

「さあ、ご住職の説法を拝聴しにまいりましょう」

参道の列に並んでいると、若い僧の導きで五十人ほどずつ御堂のなかへ案内されていく。

半刻《はんとき》（約一時間）近く経《た》ってから、ようやく順番がまわってきた。

「さあ、こちらにござります。御本堂にて、栄春《えいしゆん》さまのありがたい法話をお聴《き》きいただきまする」

軋《きし》む廊下をたどっていくと、広い御堂に行きついた。

正面には金箔《きんぱく》の須彌壇《しゆみだん》が築かれ、ご本尊らしき大石が座布団《ざぶとん》のうえに置いてある。

漬け物石のように丸く、色は真っ白だが、翡翠《ひすい》のような輝きはない。

石のまえには木魚が置かれ、黄蘗《きはだ》色の袈裟衣《けさごろも》を纏った僧侶が一心不乱に般若心経《はんにやしんぎよう》を唱えていた。

桃之進は眉根《まゆね》を寄せる。

どうにも、胡散《うさん》臭い。

「浄土《じようど》宗のようですな」

囁《ささや》きかけるや、勝代に「しっ」と制された。

参詣者はいずれも、同じ引札を携《たずさ》えている。

美しくありたいと願う切実なおもいが御仏《みほとけ》への信仰と繋《つな》がり、懸命《けんめい》に祈りつつ寄進《きしん》をおこなえば願いが叶《かな》うような錯覚に陥《おちい》るのかもしれない。

女たちはみな、何かに憑《つ》かれたような顔をしていた。

少なくとも、石を真剣に拝《おが》むところからして、尋常ではなかろう。

読経《どきよう》は止んだ。

栄春は立ちあがる。

雲を衝《つ》くほどの大男で、頭のてっぺんが尖《とが》っている。

頭も顔も脂ぎっており、目鼻口、手足ともに大きい。

面前に近づいただけで、女たちは呑まれてしまう。

説法がはじまった。

「ご本尊のお石さまは御仏の化身にござる。御仏は白兎《しろうさぎ》に身を変えて拙僧の夢枕に立たれ、わが身を削って衆生《しゆじよう》に功徳《くどく》を与えたい。ことに、か弱きおなごたちに手を差しのべたいと仰せになりました。朝起きてみると、山門のまえに大きな白い石がござった。これこそが御仏のお告げに相違ないと、拙僧はその石を本堂に運ばせ、須彌壇に奉ったのでござる」

栄春は腹に響く重厚な声で喋り、何故か、燧石《ひうちいし》を取りだして鑽火《きりび》を切った。

「お石さまの御権化《ごごんげ》、御権化……」

御堂の左右から鉢を抱えた小坊主たちがあらわれ、念仏を唱えながら女たちのあいだをまわる。

「……御権化、御権化、六根罪障《ろっこんざいしょう》、お石さまに御寄進を……南無阿弥陀仏《なんまいだ》、南無阿弥陀仏」

稲荷信仰なのか、川施餓鬼《かわせがき》なのか、よくわからない。ともかく、ありがたそうな文言と念仏を唱え、鉢《はち》で攫《さら》うように銭を集めていく。

「寄進なされたお方はこちらへ。お石さまに触れていただくゆえ、順番に並んでくだされ」

女たちは素直にしたがい、我先にと列に並ぶ。

そして、石に触れた途端、うっとりとした顔になった。

勝代も列に並び、いよいよ石に触れる段になると、感極まってしまう。

「わかるぞ、そのお気持ち」

後ろから、栄春が語りかけてきた。

「一本でも多く、顔の皺《しわ》を消してもらいたい。かように強く念じれば、かならずや願いは届きましょうぞ」

「はい」

勝代はおもわず、栄春に縋《すが》りつこうとする。

が、巧《たく》みに躱《かわ》された。

「縋るのは拙僧ではない。お石さまじゃ」

「さようにござりました」

絹が後ろから、勝代の背中を押す。

「義母上《ははうえ》、さあ、お石さまのもとへ」

「まいりましょう」

勝代は蹌踉《よろ》めきながらも進み、がばっと両手を広げるや、石に覆いかぶさる。

しばらくじっと動かずにいると、後ろに並ぶ女たちが文句を言った。

「早く退《の》きなされ。何をなさっておいでじゃ」

叱られて我に返り、勝代は桃之進のもとへ戻った。

「鼓動を感じたのじゃ」

感動で声を震わせ、世迷い言を口走った。

「お石さまは生きておる。正真正銘のご本尊じゃぞ」

小坊主がそっと近づき、勝代に何かを手渡す。

「お石さまの削り粉にござります。香炉に入れて焚《た》いてもよし、そのまま白湯《さゆ》で呑みほしてもよし。かならずや、ご利益《りやく》がござりましょう」

「ありがたや、ありがたや」

騙《かた》り以外の何物でもあるまいと、桃之進はおもった。

しかし、ただの騙りではない。

何せ、これだけの人をその気にさせているのだ。

巧みな仕掛けを講じているのはもちろんのこと、住職自身が神通力《じんつうりき》のごときものを持っているのかもしれない。

栄春の声が伽藍《がらん》に響きわたった。

「引札のおなごになることも、けっして夢ではない。信じよ。そして、念じるのだ。白兎になった自身のすがたを脳裏に浮かべ、跳《は》ねよ。ほれ、跳ねるのだ」

勝代が、ぴょんと跳ねた。

そこいらじゅうで、女たちが跳ねている。

異様な光景であった。

絹までが跳ねているのをみて、桃之進は恐ろしくなってくる。

「ぬはは、ぬははは」

栄春の高嗤《たかわら》いが響いている。

吟味物調役の腰塚は、引札に描かれた女が自分の獲物なのだと言った。

いったい、どういうことなのか。

その意味を知りたいと、桃之進はおもった。

三

翌朝は凍《こご》えるほどの寒さになった。

裃《かみしも》の角も凍りつき、吐く息も白い。

うっすらと雪の積もる御濠端には、一羽の黒鷺《くろさぎ》が歩いていた。

以前、背を丸めて歩くすがたを黒鷺に喩《たと》えられたことがある。

桃之進は周囲に誰もいないのを確かめ、両腕を左右にまっすぐ伸ばし、片足で立ってみた。

「葛籠さま、葛籠さま」

遠くのほうから、安島が肥えた腹を揺すって駆けてくる。

「ふふ、何をやっておられたのです」

「黒鷺のまねをしておったのさ」

「はあ」

ばさっと羽音が聞こえ、御濠端の黒鷺がちょうど飛びあがったところだ。

曇天に遠ざかる黒い点を目で追いかけ、桃之進はほっと溜息《ためいき》を吐《つ》いた。

安島と西ノ丸の表口へ向かい、御用部屋へ踏みこむ。

冷えきっているものと覚悟していたが、二ヶ所に丸火鉢が置いてあった。

馬淵が目を開けて眠っている。

気を利かせて、火鉢を用意してくれたのだろう。

「感謝、感謝」

安島は自分の小机に座らず、こちらへやってくる。

「おもしろいものをおみせしましょうか」

意味ありげに微笑み、懐中から紙を取りだす。

例の『うさぎ香』を宣伝する紅屋の引札だった。

「美しいおなごにござりましょう。巷間では今、このおなごが誰なのかという話題で持ちきりでしてな」

「おなごの素姓なら、知っておるぞ」

「えっ、まことにござりますか」

「教えてやろうか」

「是非」

桃之進はもったいぶるように黙り、口を開きかけた。

するとそこへ、枯れ枝のような老臣がやってくる。

「引札に描かれておるのは、お梅の方であろう。一橋治済さまご寵愛《ちょうあい》のご側女に相違ない」

秋山家の用人、下村久太郎であった。

西ノ丸留守居の秋山頼母は、桃之進たちが異動してきた日から一度も出仕していない。代わりに、時折こうして用人の下村が顔をみせる。何をするでもなく、たいていは適当に喋って居なくなるが、面倒な役目を命じることもあるので、気を抜くことはできない。

「もっと詳しく教えてやろうか」

返事をせずにいると、下村は火鉢に手を翳《かざ》しながら勝手に喋りだす。

「お梅の方はな、御側御用取次の奥津《おくつ》左京太夫《さきょうだゆう》さまに見出《みいだ》されて養女となり、一橋家の奥向きへ奉公することとなった。策士として知られる奥津さまの深謀《しんぼう》じゃ。第十一代さまとなられた家斉公のご実家であれば、容易に出世の道もひらけよう。あわよくば、ご当主である治済公のお目に留まってほしいと、おそらくは念じておったに相違ない」

　奥津左京太夫の思惑は、時を置かずに叶うこととなった。

　お梅は治済に見初《みそ》められ、寵愛を受ける側室にまで出世したのだ。

「それだけ、お殿さまを惹きつけるものがあったということじゃろう」

　一橋家第二代当主の治済は第八代将軍吉宗の孫で、今から二十年余りまえに同家を継いだ。田沼意次が幕政の舵《かじ》を握るなか、一橋家には意次の弟や甥が家老として送りこまれ、田沼家と縁戚になって良好な関わりをつづけていたにもかかわらず、治済には裏の顔があり、田沼降ろしの黒幕となって暗躍したとも言われている。

　昨年、前将軍の家治が亡くなり、長男の豊千代《とよちよ》が新将軍となるや、意次排除の動きを隠そうともせず、家斉に命じて老中職を剝奪《はくだつ》させ、雁之間へ追いやった。家斉の後ろ盾となって大御所の地位に就くことを強く望み、今は「白河侯」こと松平定信を老中首座に据えるべく、方々へ根回しをすすめているとも聞く。

　それだけの大物から気に入られれば、下村ならずとも注目せざるを得まい。

「おもしろいのは、ここからじゃ。お梅の方の出自に関わるはなしでな、願人坊《がんにんぼう》主《ず》の拾い子とも言われておる。しかも、吉原遊郭の大門《おおもん》脇で拾われたというのじゃ。願人坊主は乳飲み子を拾って、突如として運がひらけた。数年ののち、亀戸の廃寺を再生させ、住職におさまったのじゃ」

「それはまさか、栄春と申す生臭《なまぐさ》坊主のことではござりませぬか」

「知っておったか」

「昨日、母に従《つ》いて石宝寺へおもむき、胡散臭い説法を聴いてまいりました」

「なるほど。そやつが生臭かどうかはわからぬが、引札に描かれたお梅の方の実父として扱われていることは確かだ」

「まことにござりますか」

「ああ、そうじゃ。参詣人のなかに、御殿女中たちのすがたもあったであろう。それが何よりの証拠よ。一橋家の奥向きのみならず、大奥の御殿女中たちも、お梅の方の美しい肌にあやかりたいと願い、石宝寺へ足繁く通うておるそうじゃ」

　おもった以上の勢いで、まやかしの美肌薬は世の中に広まっているようだ。

「さればな、わしは行かねばならぬゆえ、今日のところはこれくらいにしておこう」

　下村は喋りたいだけ喋って居なくなったが、つぎがあるということだろうか。

格別な指図もなかったので、安島は首をかしげた。

「何やら、拍子抜けですな」

「まあ、よいではないか。お梅の方の素姓もわかったことだし」

「じつを申せば『うさぎ香』が欲しいと、うちの家内がうるさくて。顔に塗りたくったところで白壁ができるだけと申したら、口をきいてくれなくなりましてな。朝餉《あさげ》のおかずは一品減らされ、酒も燗をしてもらえぬようになりました」

「むふふ、女の恨みは恐ろしいぞ。口から出たことばを、引っこめるわけにはいかぬからな」

「どうすれば、機嫌が直りましょうか」

「そうよな」

桃之進はしばらく考え、戯《ざ》れた調子で言った。

「石宝寺へ連れていき、ありがたい説法でも聴かせてやればよかろう」

「ご利益がありましょうか」

「兎のように、ぴょんぴょん跳ねるようにはなるぞ」

「からかっておられますな」

「まことのはなしだ。石宝寺から戻ってくれれば、おぬしに言われたことなんぞ忘れておるだろうさ」
「ならばさっそく、明日にでも連れていくしかござりませぬ」
真剣な表情から推すと、悩みはかなり深そうだった。
同情もするが、ざまあみろという気持ちのほうが強い。
あいかわらず、馬淵は眠っている。
時折、上下に大きく揺れるので、火鉢に顔を突っこみそうになった。
また一日、欠伸《あくび》ばかりして過ごすのかとおもえば、気も滅入ってくる。
されど、苦にはならない。
こうした暮らしに慣れているからだ。
何もせず、のんべんだらりと過ごす。
怠け癖は一度ついたら、手放すことが難しい。
かつては、のうらく者という綽名《あだな》を返上したいと願ったこともあった。
が、それはまだ、野心の欠片《かけら》が残っていたころのはなしだ。
今はすっかり、不名誉な綽名に馴染んでいる。
それなのに、心にさざ波が立つのはどうしてか。
窓から外を眺めれば、空全体が黒雲に覆われつつある。

引札をくれた腰塚孫兵衛に会ってみようと、桃之進はおもった。

四

以心伝心《いしんでんしん》というべきか、翌日、腰塚が家に訪ねてきた。

呑みにいこうと誘われたので、怪訝《けげん》な顔をする家の連中を尻目に、夕暮れの町へ繰りだす。

麹町《こうじまち》の大路を横切り、平河町《ひらかわ》の獣肉屋《ももんじ》へ足を向けた。

壁に猪《いのしし》の黒い毛皮が張ってある『甲州屋《こうしゆうや》』にはいると、血腥《ちなまぐさ》い臭いが漂ってくる。

鉈《なた》を手にした亭主が、血だらけになって猪を解体しているところだった。

適当に座ってくれと顎でしゃくられ、ほかの客から離れた床几《しょうぎ》の奥に陣取る。

寒の戻りがあるこの時期は「薬喰《くすりぐ》い」と称して訪れる侍も少なくない。

ただ、今宵の客は車力《しゃりき》風の連中だけのようだった。

しばらく待たされて、ようやく亭主が燗酒を運んでくる。

注文などせずとも鍋が用意され、牡丹《ぼたん》のかたちに盛りつけた肉や旬の野菜を載せた笊も運ばれてきた。

猪の肉は、浅い鍋に甘辛いたれを敷いて煮る。

腰塚は不慣れなようなので、桃之進は食べ頃を教えてやった。

「牡丹は我慢だ。煮れば煮るほど、軟らかくなる」

「はい」

腰塚は眸子《まなこ》をきらきらさせ、さも美味そうに肉を食べる。

そして、酒を何杯か酌みかわしたあと、上から課された過酷な役割について語りはじめた。

「吟味物調役とは立ち位置の難しいお役目でしてな。幕臣でありながら、寺社奉行の配下でもあり、どちらからも全幅の信頼をおかれているわけではござらぬ。にもかかわらず、厄介事はことごとく任され、裁許《さいきょ》の裏付けとなる膨大《ぼうだい》な資料を求められる。しかも、迅速的確に調べをおこなわねばなりませぬ」

「たしかに、吟味物調役だけは寺社奉行が替わってもお役目に留まり、新たな寺社奉行のもとで煩瑣《はんさ》な実務をこなさねばならぬ。したがって、世の中の酸いも甘いも嚙みわけた老練《ろうれん》な人物が就く役目との印象がござる。されど、腰塚どのはまだお若く、権謀術策《けんぼうじゅつさく》を弄《ろう》する策士にもみえぬ。生臭坊主や阿漕《あこぎ》な神官どもと渡りあいつつ、幕府と阿部《あべ》家双方の顔色を窺《うかが》いながら役目をこなすというのは、並大抵の苦労ではございますまい。それがしなどはとてもとても、まねのできぬことにござる」

「近頃、つとに限界を感じます。みずからの能力のなさに嫌気が差し、気づいてみると、両国橋《りょうごくばし》の欄干《らんかん》に立とうとしていたこともございましてな」

「それはまずい。みずから命を絶とうなどと、けっして考えてはならぬぞ」

「はあ」

「悩みをひとりで抱えておるからよくないのだ。それがしでよければ、腹のなかをぶちまけてくだされ」

「よろしいのですか」

「もちろん」

胸を張りつつも、少しばかり不安になる。

悩みのお裾分けを貰ったあげく、厄介事に巻きこまれるのを恐れたのだ。

腰塚は堰《せき》を切ったように喋りだす。

「それがしは今、石宝寺と『うさぎ香』について調べております。大名小路の役宅ではなく、本郷丸山《ほんごうまるやま》の中屋敷に呼びだされ、阿部家のご家老さまから直々に命じられました。『石宝寺のことは殿より賜った密命ゆえ、隠密になった気構えで事にあたるように』と仰せつかり、身が引きしまったのをおぼえております」

腰塚は肉汁を啜《すす》りながら、二度会っただけの相手に向かって、寺社奉行より与えられた「密命」の中味を喋ろうとしている。

危ういなとおもったが、桃之進は黙ってさきを促《うなが》した。

「石を削ってつくった膏薬《こうやく》が肌に効くとはおもえぬな」

「仰るとおり、石宝寺のやっていることは、騙りにござります。浅草の梅園屋も騙りに加担しておりますが、町奉行所の連中は敢えて取り締まろうとせぬ。そもそもは寺社奉行の管轄であるし、一橋家の側室も関わっていることゆえ、こっちへ丸投げして逃げおおせる腹なのでしょう。しかも、阿部家の連中は面倒なことが大嫌いで、すべての証拠が出揃ってからでなければ重い腰をあげませぬ」

「すると、腰塚どのはたったひとりで、騙りの証明をせねばならぬのか」

「さようにござります」

辛そうな顔をしながらも、証拠集めはそれなりに進んでおり、悪事に関わる者たちの顔触れも出揃いつつあるという。

「まずは、石宝寺住職の栄春、この者が悪事の元凶にござる。『うさぎ香』の売上げそのものよりも、人気に火が付いたことで檀家の数が鰻《うなぎ》登りにあがり、それにともなって献納金の額も大幅に増えました」

集められた献納金の多くは、御側御用取次として権力を保持する奥津左京太夫のもとへまわされているという。

「石宝寺には、奥津家の用人で火之番組組頭の入江十内《いりえじゆうない》が出入りしております。この者は疋田陰流《ひきたかげりゆう》の遣い手でしてな、寺から隠密裡に金を運びだしているのでござる」

「奥津さまと申せば、正真正銘の大物だ。罪を暴こうとすれば、かならずや、牙《きば》を剝《む》いてこよう」

下手をすれば、寺社奉行の阿部備中守《びつちゆうのかみ》とて寝首を掻《か》かれかねない。

「ゆえに、それがしの手に余ると申しあげたところ、ご家老さまは『突きすすめ』と声を張られました」

「また何で」

「阿部家にも勝負を賭《か》けねばならぬ事情がござります」

寺社奉行に就いて十三年目となり、阿部備中守はそろそろ役を退きたいと考えていた。ただし、四十代前半の脂の乗りきった齢《とし》でもあり、旺盛な野心はいっこうに衰えを知らず、次期老中の座を射止めるべく、虎視眈々《こしたんたん》と狙いを定めているという。

が、阿部家の領する備後福山《びんごふくやま》藩十一万石は以前から藩財政の逼迫《ひっぱく》を招いており、なかでも幕領の貸金である上下金の返済には四苦八苦していた。この上下金返済を凍結させるためには、権力者であった田沼意次に取り入るほかになく、阿部家はそのために一万両もの賄賂《まいない》を贈ったとも聞く。

なりふりかまわぬ阿部家の姿勢を幕閣のお偉方はみな知っていたので、家斉が新将軍となって田沼意次が失墜しつつある今、寺社奉行の阿部備中守としては目にみえる実績をあげ、起死回生をはからねばならぬ情況に追いこまれていた。

「奥津左京太夫は田沼主殿頭さま失脚の混乱に乗じ、政事《まつりごと》を私することをのぞんでおります。清廉《せいれん》かつ明晰《めいせき》な備中守さまの老中就任は、かならず阻《はば》もうとするでしょう。であれば、石宝寺の一件で悪事を暴きたて、何としてでも今の地位から除いてしまいたい。それがどうやら、備中守さまのお心積もりのようで」

「難しいはなしだな」

桃之進にとっては、雲の上のようなはなしだ。

腰塚は眉間に皺を寄せ、声を一段とひそめる。

「さらに難しいのは、奥津がお梅の方を使って、公方《くぼう》さまのご生家である一橋家を取りこもうとしていることにございます」

「『うさぎ香』の騙りを暴けば、当然のごとく、引札に描かれたお梅の方の罪も問わずばなるまい。一橋家の家門に傷が付くことにもなりかねぬが、そこまで突きすすむつもりなのか」

「いいえ。お梅の方は罪に問いませぬ。そのことを条件に、一橋家と裏ではなしをつける。おそらくは、そういう手順になるかと」

「いつぞやか、お梅の方がおぬしの獲物だと申したな」

要するに、お梅の方の罪は問わぬという好餌《こうじ》をつきつけ、阿部備中守は老中の地位を摑《つか》もうとしているのかもしれない。

深謀遠慮《しんぼうえんりょ》の錯綜するはなしを、桃之進は別の世の出来事として聞いた。

「とまあ、そんなこんなで、心身ともにぼろぼろなのでござるよ」

「さもあろう」

酒を注いでやり、慰めのことばを掛けてやることくらいしか、自分にできることはなさそうだ。

猪肉をたらふく食って満足し、ふたりは獣肉屋をあとにした。

外はすっかり暗くなっている。

帰路が案じられたので、遠い道程だが、御徒町まで送りとどけてやった。

おもった以上に重要な役目を負っていることへの敬意もあった。

冠木門《かぶきもん》を潜って平屋を訪ねてみると、若妻が帰りを待っていた。

一杯お茶でもと言われ、遠慮なく家にあがる。

腰塚に誘われて寝所を覗くと、小さな蒲団《ふとん》に幼《おさな》い男の子が寝ていた。

「あの子が、それがしのすべてでござる」

そうつぶやき、腰塚は目を細める。

子煩悩《こぼんのう》なのだなと、少しばかり羨ましく感じた。

家に戻れば、引きこもりがちな養嗣子《ようしし》と生意気盛りの娘がいる。

こんなふうにじっくり寝顔をみたのは、遙《はる》かむかしのことだ。

「あの寝顔をみれば、明日もまたやっていけそうな気になります」

目をしょぼつかせる腰塚の肩を叩き、どうして幼子の寝顔までみせてくれたのかとおもう。

ふと、不安が過《よぎ》った。

五

三日も経つと、腰塚のことは頭から離れていった。

勝代はせっせと『うさぎ香』を顔に塗りたくり、妙に白くなっていたが、できるだけみないようにした。ここ数日は絹までが艶めいた肌をしているので問いつめると、勝代から『うさぎ香』のお裾分けをもらったという。

無くなったらまた買ってもよいかと勝代にせがまれ、桃之進はきっぱり断った。

だいいち、石の粉で色白になるはずはない。

困ったものだとつぶやきながら出仕し、日がな一日、溜息を漏らしつづけた。

そうしたおり、夕暮れも近づいた西ノ丸の用部屋へ、秋山家用人の下村久太郎があらわれた。

「今朝は秋山さまからの御命を携えてまいった」

いつになく険しい顔で言いはなつので、安島と末席にかしこまる。

馬淵だけは何故か下村の脇に控え、家来のような顔をしていた。

下村が厳《いか》めしげにうなずくと、馬淵は暢気《のんき》な馬面で喋りだす。

「『うさぎ香』なる紛《まが》い品のせいで、死人が出ておるようです」

どうやら、石宝寺の周囲で深刻な事態が勃《おこ》っているらしい。

馬淵によれば、すでに、五人の女がたてつづけに亡くなっていた。

三人は商家の内儀《ないぎ》、ふたりは一橋家の奥向きに仕える腰元だという。

五人はいずれも石宝寺の檀家で、多額のお布施と交換に大量の『うさぎ香』を手に入れていた。

淀《よど》みなく喋りつづける馬淵の顔を、桃之進は睨みつける。

いったい、誰の指図で調べをおこなったのか。

はなしの内容もさることながら、そちらのほうが気になった。

馬淵はまったく気にも掛けず、物静かな口調で喋りつづける。

「じつは、ひとりだけ、ほとけを目にする機会を得ました」

日本橋の商家で不審死を遂げた四十路《よそじ》の内儀だという。

主人が町奉行所の役人を呼んだので、噂が町じゅうに広まり、馬淵も通夜に足を運んでみたのだ。

「肌の色が黒ずんでおりました。それがしの経験から申せば、鉛の毒でやられたに相違ございませぬ」

石宝寺の石が鉛をふくんでいるのか、それとも、艶を出すために鉛をわざとくわえたのか、どちらかであろうと、馬淵は冷静に分析する。

「ほかの四人は石宝寺にて、密葬にされたそうです」

すかさず、下村が口を挟《はさ》む。

「密葬というのも怪しかろう」

応じたのは、馬淵だった。

「おそらく、死を隠したかったのでござりましょう」

「ふむ、噂が広まったら困るであろうからな。されど、紛い物の何たら香が原因だとしたら、これからも死者は増えつづける公算が大きいぞ。のう、葛籠よ、おぬしの母や妻も使うておるそうではないか。一刻も早く、止めさせたがよいぞ」

これにたいして、またもや馬淵がこたえる。

「鉛の毒はある程度の期間をかけて蓄積されます。すぐに毒がまわって死にいたることはござりますまい」

「なるほど、そうしたものか」

息の合ったふたりの掛けあいを聞きながら、桃之進は嫉妬《しっと》のような感情を抱いた。

　北町奉行所に出仕していたころから配下であるはずの馬淵が、自分を飛ばして上からの指図で動いている。そのことがどうにも許しがたく、追及せずにはいられなくなった。

「下村さま、ひとつよろしいですか」

「何じゃ」

「それがしに格段のおはなしもなく、何故、馬淵を調べに使ったのでしょうか」

「すっ飛ばされたのが気に入らぬのか。ふふ、お気楽なのうらく者めに、そうした感情がまだ残っておったとはな。馬淵は北町奉行所で隠密廻りをやっておったと誰かに聞いた。しかも、この馬面で七方出《しちほうで》の術も使うとか。それゆえ、隠密裡に探索させたのじゃ」

「百歩譲って、馬淵のことはよしといたしましょう。されど、何故、紛い物の『うさぎ香』について、秋山さまがお調べにならねばならぬのです」

「畑違いと言いたいのじゃろう。なるほど、出元の石宝寺は寺社奉行の縄張りじゃからのう。されど、死者が出た以上、人任せにはしておけぬ」

「はあ」

「最初にも申したが、これは秋山さまたっての御命じゃ。じつは、奥さまが『うさぎ香』を顔に塗りたくり、豆腐の化け物のようになってしもうてな。そのうえ、石宝寺住職の説法を聴き、すっかり心を奪われてしまわれたとか。秋山さまとしては、一刻も早く騙りの証拠をみつけ、奥さまの迷いを元から断たねばならぬ。まさに、喫緊《きっきん》の一大事というわけじゃ」

「それがしに、石宝寺を探索せよということにござりましょうか」

「そうじゃ。胡散臭い寺の周囲を隈《くま》無く調べ、騙りの証拠をみつけるのじゃ。秋山さまはの、おぬしのことを買っておられる。小石川御薬園の件で越中屋なる薬種問屋へ踏みこんだ活躍もご存じでな、やればできるかもしれぬ男じゃと仰せになった。どうじゃ、褒《ほ》められて嬉しゅうはないか。信を得て大事な役目を与えられることこそが、幕臣の本懐であろう。ちがうか」

「仰せのとおりにござる」

桃之進は顔を紅潮させ、我知らず、身を乗りだしていた。

「下村さま、されば、悪事の証拠をみつけたあかつきには、どういたせばよろしいので」

「悪党どもを成敗するしかあるまい」

「えっ、勝手にさようなことをしてもよいのですか。寺社奉行にお伝えするのが筋かと存じまするが」

「おぬしが筋を語るな。のんびりしておったら機を逃すぞ」

「されば、これは密命と受けとってもよろしいので」

「さて、それはどうか」

　この期におよんで、下村は思案しだす。

「密命というほど大袈裟なものでもなかろう」

「いいえ、密命にござりましょう」

「どうであろうか。そこまで、しゃっちょこばることもあるまい。それよりな、おぬしに紹介しておかねばならぬ方がみえておる。おい、安島」

「はっ」

　いつのまにか、安島が後ろから消えていた。

襖《ふすま》障子《しょうじ》の手前で畳に両手をつき、指図を待っていたかのごとく返答したのだ。

「安島、おぬしもか」

　おもわず、桃之進は声を荒らげてしまった。

「小さきことは、お気になさらぬよう」

安島はしたり顔で応じ、襖障子をすっと開く。

妙齢の武家娘が、三つ指をついていた。

「ささ、お吉《きち》どの、こちらへ」

下村は立ちあがって足を運び、上座のほうへ導こうとする。

「これ、安島、こちらへお連れしろ」

「はっ」

安島はうやうやしく、娘の手を取った。

娘は下村に替わり、上座に腰を下ろす。

小柄で可愛らしく、ふくら雀のようだ。

「お吉どのはな、秋山さまの姪御《めいご》であられる」

「はっ、さようで」

「叔母上《おばうえ》さまのことが案じられてならず、御自ら間者《かんじゃ》となって石宝寺へ潜入したいとのぞまれたのじゃ」

「まことに」

「驚いたか。秋山さまも捨て身なのじゃ。目に入れても痛くないほど可愛がっておられた姪御を、悪党の巣窟《そうくつ》へ送りこむのじゃからな。まわりがいくら止めても、お吉どのがどうしてもと仰せになった。その尊きお気持ちを無碍《むげ》にはできぬ」

「で、それがしにどうせよと」

「お吉どのをお守りしつつ、ともに敵方の動向を探るのじゃ。下手に思案しておる猶予はないぞ」

「はあ」

「煮えきらぬ返事じゃな。不承知ならば、馬淵に指揮を執《と》らせるが、いかがいたす」

桃之進は、棒を呑んだような顔をする。

「それがしが馬淵の下に就くということにござりますか」

「まあ、そうなるな」

「不承知にござりまする」

「何が不承知なのだ。役目がか、それとも、配下の下に就くことがか」

どちらも不承知だと応じたかったが、それでは下村も得心できまい。

「葛籠よ、迷うでないぞ。お吉どのにも気概をみせてみよ」

「されば、すべて承知にござりまする」

「ぬふふ、そうじゃ。その意気じゃ」

下村は大口を開けて嗤い、秋山頼母の姪を残して去った。

すでに、丸火鉢の炭は尽き、部屋は冷気に包まれている。

桃之進は役目の困難さをおもい、ぶるっと身を震わせた。

六

二日後、石宝寺。

十五日は釈迦《しやか》入滅を弔《とむら》う涅槃会《ねはんえ》。

参道脇に並ぶ石灯籠《どうろう》や樹木の枝にも、うっすらと雪が積もっていた。

降り仕舞いの雪は湿気をふくんだ牡丹雪《ぼたんゆき》で、正午までには解けてしまう。

参道にはあいかわらず、ご本尊である「お石さま」の功徳を受けたい女たちが列をなしていた。

「並ぶのも骨が折れます。葛籠どの、何とかなりませぬか」

お吉は錦糸の刺繍《ししゆう》がほどこされた打掛《うちかけ》を纏っているせいか、姫君のような物腰で問うてくる。

「何とかいたしましょう」

大名家の従者に化けた桃之進は、下村から預かった小判の詰まった巾着《きんちゃく》を馬淵に手渡し、これではなしをつけてこよと偉そうに命じた。

挟み箱持ちに化けた安島が、みっともない太鼓腹を揺すりながら近づいてくる。

「葛籠さま、お吉さまのことは何とお呼びすればよろしいので」

「大名家の奥向きに奉公する側室という触れこみゆえ、お吉の方さまでよいのではないか」

「されば、葛籠さまのことは何と呼べば」

「ご家老とでもするか。ふふ、戯れ言だ。いつもどおりでよい」

「されば、のうらく殿とでもお呼びいたしましょう」

お吉が、ぷっと噴いた。

笑った顔が、じつに愛らしい。

安島はその顔がみたくて、冗談を言ったのだ。

叱りつけようとしたところへ、従者を装った馬淵が戻ってきた。

「鼻薬が効きました。方々、こちらへ」

お吉と従者の一行は胸を張り、参道の端を悠然と進んでいく。

長蛇の列に並ぶ者たちからは、羨望《せんぼう》の眼差しでみつめられた。

本堂の入り口では小坊主が寒そうに待っており、脇道から裏手へ案内される。

袖垣に囲まれた裏庭も白い薄化粧がほどこされており、勝手口のようなところから堂内へ踏みこむと、客間までの広い廊下が寒々としたものに感じられた。

廊下を何度か曲がって進むと、行く手からも御殿女中の主従がやってくる。

「あっ」

小坊主はさっと脇へ避けたが、お吉は素知らぬ顔でさきへ進む。

桃之進たち三人は動揺しつつも、仕方ないので後ろにつづいた。

先方も同じく、意地でも退かぬという気構えで近づいてくる。

衣擦《きぬず》れをさせているのは、高慢さを絵に描いたような御殿女中だ。

したがえる侍女はふたり、いずれも厳《いか》つい大女で、矢羽《やばね》柄の着物を纏っている。

廊下のまんなかで、双方は立ちどまった。

「無礼者、道を開けよ。わらわを誰と心得る」

と、御殿女中が眉根を吊りあげる。

　すかさず、後ろの侍女が声を荒らげた。

「御三卿《ごさんきょう》一橋家のご中﨟《ちゅうろう》、お梅の方さまじゃ」

　お梅の方はじっと黙り、こちらの名乗りを待っている。

　さきほどの気概は何処へやら、お吉は石燈籠のごとく固まり、喋ることすらままならない。

　代わりに、桃之進が声をひっくり返す。

「これはご無礼つかまつりました。われらは……」

と、言いかけたところで、お梅の方が声を張りあげた。

「頭《ず》が高い、控えおろう」

　つっとこちらへ身を寄せ、お吉を手で強引に押しのける。

　そして、侍女らともども、廊下を滑るように遠ざかっていった。

「何じゃ、ありゃ」

　安島が吐きすてると、小坊主が泣き顔で駆けてくる。

「粗相があってはなりませぬ。あとで厳しいお叱りを受けましょう。お梅の方さまのご実父こそ、ご住職の栄春さまなのでござります」

　桃之進は察していた。

さきほどの鼻持ちならぬ御殿女中こそが、一橋治済から寵愛を受ける側室なのだ。

お吉は廊下の隅で気を失っている。

後ろにまわって肩を抱き、活を入れてやった。

と、そこへ。

筋骨隆々の大兵《だいひょう》が恐い顔で近づいてくる。

「うわっ」

またしても、小坊主が脇に避けてかしこまった。

大兵が怒鳴りあげる。

「何を騒いでおる。うぬらは何処の家の者じゃ」

高飛車な態度にかちんときた。

桃之進が応じかけると、お吉がさきに凛然《りんぜん》と言いはなつ。

「大名家の奥女中と勘違いいたしたか。わらわは吉瀬《きちせ》、公方さまが御生母お富《とみ》の方さま付きの表使《おもてづかい》じゃ。控えおろう」

「へへえ」

大兵はその場に平伏し、名乗りあげた。

「それがしは奥津家用人、入江十内にござります」

「おっ」

と、桃之進は声をあげてしまう。

腰塚孫兵衛から、その名を聞いたことがあったからだ。

「もしや、それがしをご存じで」

三白眼《さんぱくがん》で睨まれ、桃之進は必死に顎を引いた。

「……ぞ、存じておる。御側御用取次であられる奥津左京太夫さまのご家来では」

「さようにござる。して、貴殿は」

「わしか。わしは名乗らぬことにしておる」

入江は、太い眉尻をぴっと吊りあげた。

「もしや、御広敷《おひろしき》の伊賀衆にござるか」

「ん、まあな」

「されば、名乗れますまいな」

「いかにも」

はなしの流れで嘘を吐いてしまったが、お吉も安島や馬淵も知らぬ顔をきめこんでいる。

入江が不審げな顔をしたので、すかさず、お吉が切りこんだ。

「ときに、何故、御側御用人さまのご家来がこの寺におられるのじゃ」

「お梅の方さまの防《ふせぎ》にござります。わが主人は、お方さまの御養父上《おちちうえ》であられますゆえ」

「なるほど、そうであったな」

ふたりの関わりなど知るはずもないお吉が、心から納得したようにうなずく。

なかなかの役者ぶりだと、桃之進は感服した。

入江が逆しまに問うてくる。

「吉瀬さまは、何故、こちらへ」

「おなごに恥ずかしいことを言わすでない。御生母さまの代参と申すは、あくまでも表向きのこと。わらわはのう、肌が白うなりたい一心で栄春さまのもとへ参ったのじゃ。ありがたい御講話を拝聴すべく、ただいまより伺うところでな」

「得心いたしましてござる。寺社奉行の間者が潜りこんだとの一報を受けておったもので、つい疑いの目を向けてしまいました。ご無礼の段、平にご容赦くださりませ。されば、これにて失礼つかまつる」

入江は立ちあがり、大股で廊下の向こうへ去っていく。

疋田陰流の遣い手というだけあって、物腰には一分の隙《すき》もない。

寺社奉行の間者と聞いて、桃之進は腰塚のことを脳裏に浮かべていた。

入江の漏らしたことばは、間者に探られるべき秘された事情が寺にあることを示唆《しさ》している。

「何はともあれ、お吉さまの機転に救われましたな」

安島は手放しでお吉を褒めた。

大名家の奥向きから参じたと告げてあったので、案内役の小坊主は頭を混乱させている。

「今からは、お吉の方ではなしに、吉瀬さまとお呼びいたしましょう」

安島は小坊主を睨みつけ、わかったなと脅しつける。

脅しが何処まで通用するかはわからなかった。

ここからさきは、慎重にならねばなるまい。

「廊下の奥に何があるのでしょう」

お吉は小首をかしげ、好奇に眸子を輝かせる。

危うい橋を渡るのだけは控えさせようと、桃之進はおもわずにいられなかった。

七

五日つづけて石宝寺に通い、せっせとお布施を納めたおかげで、住職の栄春から格別の信頼を得ることができそうだ。

馬淵が手に入れた『うさぎ香』の「作り方指南書」には、鉛に類するものを混入する記載はない。ただ、薬簞笥《くすりだんす》のなかで開閉を禁じられた抽斗《ひきだし》からは、鉛らしきものがみつかった。

ほかにもわかったことがある。

亡くなった五人の女はいずれも、雁額《かりびたい》で頰のふっくらした幼げな風貌に小太りの体型をしており、外見がじつによく似ていた。そして、小坊主たちですら踏みこめぬ奥座敷への出入りを許されており、その奥座敷からは今でも夜な夜な、重苦しげなよがり声が聞こえてくるというのだ。

「五人は栄春と逢瀬をかさねておったのかもしれませぬ」

と、馬淵は顔色も変えずに言った。

「奥座敷はおおかた、淫蕩《いんとう》地獄と化していたのでござりましょう」

そして、今も栄春は六人目や七人目の女たちを誘いこみ、戒律破りの邪淫《じゃいん》に耽《ふけ》っているのではないかと、そんな疑念が持ちあがっている。

寺社内のいたるところには、得体の知れぬ薬草が乾燥させた状態でぶらさがっており、行商が扱う「猫《ねこ》いらず」などもみつかっていた。「石見《いわみ》銀山」とも呼ぶ殺鼠剤《さっそざい》ならば、誰でも気安く買うことはできるし、栄春との関わりを秘すために使用された公算も大きい。

つまり、五人は鉛毒で死んだのではなく、より即効性の高い毒を盛られたのかもしれなかった。

お気に入りの信者を蟻《あり》地獄へ誘いこみ、さんざんもてあそんだあげく、飽きたら口封じのために始末する。かりにそれが事実だとすれば、鬼畜に悖《もと》る非道な所《しょ》業《ぎょう》と言わねばなるまい。

お吉はそうした筋書きを聞かされても、恐れて二の足を踏むどころか、むしろ、怒りに掻きたてられ、より深く栄春との繋がりを求めていった。

桃之進としては、危なっかしくてみていられない。

それゆえ、片時も目を離すことができなかった。

今日はいよいよ、ほかの信者抜きで、お吉だけが栄春の控え部屋へ招かれることとなっていた。

もちろん、桃之進はお吉につづいて、部屋のなかへもしたがう。

こちらから条件を提示し、ひとりだけなら従者が随行してもよいとの許しも得ていた。

寺の奥にある存外に狭い部屋が、どうやら、栄春の控え部屋らしい。

訪ねてみると、尖った坊主頭の僧侶が満面の笑みをかたむけてくる。

「ようこそ、おいでなされた。吉瀬さまのことは、よく存じておりますぞ」

「もったいないおことばにござります」

「ささ、もそっと近《ちこ》う」

「はい」

お吉が躙《にじ》りよるのに合わせ、桃之進も影のように近づく。

栄春はこちらに一瞥《いちべつ》をくれ、露骨に嫌がってみせた。

「それにしても、籠《かご》の鳥であるはずの大奥の御女中が、よくぞこれほど長く宿下がりを許されましたなあ」

気のないような口調で、鋭いことを質《ただ》してくる。

桃之進は冷や汗を掻いたが、お吉はよどみなく応じた。

「じつを申せば、御生母さまはただ今、お加減のほうがおもわしゅうござりませぬ。それゆえ、何日掛かってもよいから、ご利益のありそうな寺社を経巡《へめぐ》り、病《やまい》快癒《かいゆ》の祈願をしてたもれと、お局《つぼね》さまより命を受けてまいったのでござります」

「ほう、表使とはさようなお役目もせねばならぬのか」

「何でもありでござります」

お吉が胸を張ると、栄春は「くふふ」と笑う。

「されど、御生母さまの病快癒の祈願に託《かこつ》け、わが石宝寺にて道草を食われておるわけでござるな」

「ご明察、痛み入りまする」

「何の、責めておるわけではない。すでに、多額の寄進も頂戴しておる。ほかの寺なんぞにまわらずとも、かならずや、功徳がござりましょうぞ」

「そのおことばに、救われるおもいにござります」

「されば、おもしろきものをみせて進ぜよう」

栄春は立ちあがり、床の間から何かを携えてきた。

片手で持つことができる大きさの石だ。

「それは石ですね」

「ご本尊のかたわれにござるよ。これをな、こうして削るのじゃ」

小刀を取りだし、石の表面を削りはじめる。

黒塗りの平茶碗へ、白い粉が溜まっていった。

ある程度溜まったところで、粉を水で溶き、お吉の膝前へ差しだす。

「功徳のかたまりにござる。市中で求めれば、十両は下るまい」

「これをどうせよと」

「きまっておろう。ひと息に呑みほすのじゃ」

栄春は卑猥《ひわい》な眼差しを向けてくる。

お吉のことを狙っているのだと察した。

奥座敷の淫蕩地獄へ誘いこむ腹にちがいない。

「お待ちを」

桃之進は後ろから膝立ちで躙りより、平茶碗を拾いあげる。

そして、怪しげな功徳のかたまりを、ひと息に呑みほした。

「あっ」

お吉は呆気にとられ、栄春は柳眉《りゅうび》を逆立《さかだ》てる。

「おぬし、従者の分際で、何ということをしでかすのじゃ」
栄春が袈裟をひるがえし、憤然と立ちあがった。
閉じた扇子の角で、上段の構えから振りおろす。
――ばしっ。
月代のまんなかを叩かれた。
痛みも感じなければ、叱責の声も聞こえてこない。
さきほど呑んだ白い粉のせいであろう。
からだに力がはいらず、天井や壁はぐるぐるまわりだす。
喋ろうとしても、呂律《ろれつ》がまわらない。
畳に這いつくばり、手足を痙攣《けいれん》させた。
「……お、お吉どの」
防の役目を果たせぬ口惜《くや》しさが込みあげてくる。
だが、桃之進は朦朧《もうろう》とする意識のなかで、信じられぬ光景を目にした。
栄春が立ちあがり、お吉に抱きつこうとする。
刹那《せつな》、お吉の身がふわりと宙に浮いたのだ。
何と、格子天井の端に張りついている。

まるで、蜘蛛《くも》のようだった。

しかも、畳に舞いおりるや、栄春の短刀を拾いあげる。

「生臭坊主め、覚悟しやれ」

お吉は叫ぶやいなや、躊躇《ためら》いもせずに短刀を持ちあげ、尖った禿頭のてっぺんに突きさした。

「ひぇっ」

栄春は刺された瞬間も、呆気にとられている。

お吉は返す刀でこちらに身を寄せ、何と桃之進の口に白い指先を突っこんできた。

「吐け、吐くのじゃ」

と叱りつけ、喉《のど》ちんこを指で挟みつける。

「ぐえっ」

桃之進は吐いた。

「ぐえっ、ぐえひょっ」

懸命に吐きつづけ、畳のうえは吐瀉物《としゃぶつ》だらけになる。

お吉はそのあいだも忙しく動き、部屋の隅々まで隈無く何かを探しまわった。

「無い、無い無い。何処にも無い」

仕舞いには自棄《やけ》になり、硯《すずり》箱を床の間に叩きつける。

一方、桃之進は四つん這いになって吐きつづけたが、ついに吐くものがなくなり、口から苦い胆汁のごときものが出てきた。

次第に、意識も正気に戻ってくる。

栄春は眸子を瞠《みは》ったまま、床柱にもたれかかっていた。

脳天には短刀が刺さり、血がどろどろ溢《あふ》れだしている。

死んでいるのだが、生きているようにしかみえない。

「……お、お吉どの……そ、そなたは、何者なのだ」

薄汚れた口許を動かして問うと、お吉は恐い顔で睨みつけてきた。

「わからぬのか、くノ一に決まっておろう」

「えっ、秋山さまの姪御ではないのか」

「ちがうわ、間抜けめ。奥津左京太夫の密書を手に入れるべく、生臭坊主のもとへ潜りこんだのじゃ。されど、読みが外れた。密書は何処にも無い」

くそっ、わけがわからぬ。

桃之進は、胸の裡で悪態を吐いた。

突如、廊下に殺気が迫ってくる。

飛びこんできたのは、安島だった。

幸いにも、寺の連中はまだ気づいていないようだ。

「さあ、早くここから逃げましょう」

誘う安島の背中に、何故か、お吉が背負われる。

「お怪我はございませぬか」

問われたお吉は、殊勝な顔でうなずいた。

桃之進は叫ぼうとする。

「無い無い、怪我など無い……」

その声は弱すぎて、安島の耳に届かない。

「……背負ってほしいのは、わしのほうだ」

ふらつく足取りで立ちあがり、どうにか部屋から抜けだす。

そこからどうやって逃れたのか、あまりおぼえていない。

やはり、呑まされた粉の影響が残っていたのだろう。

途中で気を失い、気づいたときは、小舟のうえに横たわっていた。

川幅から推すと、小名木川であろうか。

大川へ向かって、のんびり漕ぎすすんでいるのだ。

「ほんに、不甲斐《ふがい》ない御仁よのう」

お吉の声が耳に聞こえてきた。

「呑まされたのは、おそらく、曼陀羅華《まんだらげ》の根を刻んだものであろう。あらかじめ、石の表面に塗《まぶ》してあったのじゃ」

「曼陀羅華と申せば、眠り薬にござりますな」

「分量によっては毒にもなるが、命に別状はあるまい」

薄目を開けてみると、安島がしきりにうなずいている。

夕陽を映した川面は、紅蓮《ぐれん》の炎に包まれているかのようだ。

石宝寺での出来事は、ことごとく、夢であったにちがいない。

桃之進は瞼を閉じ、ふたたび、深い眠りに陥った。

八

二日経った。

荒波の巻きおこる兆しもなく、世の中は凪《なぎ》のように静まりかえっている。

「世は事もなしか」

桃之進はつぶやき、夜着を纏ったまま縁側でくつろいでいた。

家の連中には風邪《かぜ》をひいたと嘘を吐き、役目を休んでいる。

曼陀羅華の毒は抜けたものの、出仕する気が失せていた。

留守居の秋山頼母から命を受け、めずらしくやる気になっていたのだ。

石宝寺の周辺に巣くう悪党どもに、あわよくば引導を渡してやろうと考えていた。そして何よりも、秋山の姪と紹介されたお吉については、その心意気に感じ入り、命懸けで身を守らねばと張りきっていたのである。

「ことごとく、裏切られたな」

お吉は秋山の姪でもなんでもなく、役目のためなら殺しも厭《いと》わぬくノ一であった。

桃之進たちは、お吉が動きやすいように配された駒にすぎず、たいして期待されてもいなかったのだ。

「詮方《せんかた》あるまい」

体たらくな日頃の様子をみれば、活躍を期待するほうがおかしい。

お吉が誰の密命を受けていたのかも、手に入れたがっていた密書の中味も、格別に知りたいとはおもわなかった。

栄春が死んでしまった石宝寺の行く末や、紛い物の『うさぎ香』がどうなってしまうのか、たしかに知りたくはあったが、見舞いに訪れる者とてなく、今のところ知る術《すべ》はない。

外の連中ばかりか、家の者たちもそばに寄りつかなくなった。

勝代や絹がまだ『うさぎ香』を使っているのかどうかもわからず、止めたほうがよいと注意を促したくても、今は気配すらない。

「おたのみ申します。どなたか、おられませぬか」

ふと、気づいてみれば、玄関口で誰かが叫んでいる。

応対に出る者もおらぬようなので、桃之進は庭下駄を突っかけ、中庭のほうから玄関へまわった。

簀戸《よしど》を開けると、懐かしい後ろ姿が立っている。

「拙者、腰塚孫兵衛と申します。どなたか、おられませぬか」

桃之進はそっと跫音《あしおと》を忍ばせ、腰塚の背中に近づいた。

「わっ」

驚かしてやると、腰塚は前のめりに倒れてしまう。

「すまぬ、大丈夫か」

急いで抱きおこすと、半分怒ったような目で睨まれた。

「心ノ臓が止まりそうになりましたぞ」

「戯《たわむ》れが過ぎたな」

「冗談では済みませぬ。それがしは今、命を狙われておるのです」

「まことかよ」

「はい」

ともあれ、庭からまわって縁側まで導いていった。

「西ノ丸の御用部屋へ伺ったら、おからだを悪くなさっておられるとか。お訪ねすべきかどうか迷いましたが、見舞いついでに伺うことに。あの、これを。手土産にござります」

「おっ、にんべんの削り節ではないか。かほどに高価な代物《しろもの》を。すまぬな」

「お気になされますな。それがしが後顧《こうこ》を託《たく》すことのできるお方は、もはや、葛籠さましかおりませぬゆえ」

「おいおい、待ってくれ。命を狙われておるとか、後顧を託すとか、さきほどから聞いておると、ずいぶん深刻そうなはなしではないか」

「石宝寺の件にござります。じつは、住職の栄春が何者かに殺《あや》められましてな。そのせいで、わたくしは探索のとっかかりを失いました。誰かは知りませぬが、余計なことをしでかしてくれたものです。おかげで悪事の本筋を暴くことが、いっそう難しくなりました。まったくもって、遺憾《いかん》にござる」

そこまでたたみかけられると、正直に経緯を告げられなくなる。

桃之進は真摯な態度を装い、半笑いの顔でうなずくしかなかった。

「今朝方、梅園屋松次郎《まつじろう》の遺体が本所《ほんじょ》の百本杭《ひゃっぽんぐい》に浮かびました」

「驚いたな。梅園屋と申せば『うさぎ香』の売り元ではないか」

「いかにも。敵は幕引きをはかっております。おかげで『うさぎ香』は世の中から消えてなくなりますが、充分に儲けた悪党どもにとっては、おそらく、潮時だったに相違ない。それをおもうと、口惜しゅうてなりませぬ、何しろ、それがしは敵の核心に迫りつつあったのですからな」

腰塚は唾を飛ばして主張する。

「核心に迫るということは、裏を返せば敵にも正体がばれ、この身に危険が迫っているということでもござります」

「そうした兆候でもあるのか」

「二六時中《にろくじちゆう》、誰かに尾けられているような気がいたします」

「気がするだけなら、おもいちがいということもあるぞ」

「いいえ。おそらく、奥津左京太夫やお梅の方の息が掛かった者につけ狙われておるのでござる」

「大袈裟だとおもうがな」

本心からそうおもったので、皮肉めいた口調になった。

腰塚は背筋を伸ばし、みずからのことばを嚙みしめる。

「慎重にも慎重を重ねる。それこそが隠密の心構えにござる」

「そなた、隠密だったのか」

「獣肉屋で申しあげましたよね。寺社奉行の阿部備中守さまから密命を受け、石宝寺に関わる悪事を探っておると」

「ふむ、聞いたような気もするが」

死んでも密命の内容を明かさぬのが、隠密というものではあるまいか。

内心で首をかしげながらも、桃之進は腰塚の頼み事に耳をかたむけた。

「じつは、これを預かっていただきたい」

懐中から取りだされたのは、綴じられた帳面だった。

「栄春がつけておった出納帳でござる。『うさぎ香』で儲けた金銭の大半は、御側御用取次である奥津左京太夫のもとへ届けられておりました。そのことをしめす証拠になりましょう」

「よくぞ、かようなものを手に入れられたな」

「苦労しました」

桃之進たちと同時期に、腰塚は石宝寺へ深く潜入していたらしかった。

「お預かりいただきたいものが、じつはもうひとつ」

腰塚は奉書紙を取りだした。

「出納帳に挟まっておったものにござる」

意味ありげに手渡され、桃之進は戸惑った。

「中味を読んでもよいのか」

「どうぞ」

奉書紙を開き、ざっと目を通す。

桃之進の顔色が変わった。

「……こ、これは密書ではないか」

「さよう、紛れもなく、奥津左京太夫から栄春に届けられた密書にござる。驚愕《きょうがく》すべきことに、お梅の方を使って一橋治済公を毒殺せしめるべしと、かように記されてござります」

「まさに、そのとおりだ。この密書がおおやけになれば、奥津の首は飛ぶかもしれぬぞ」

「意外にござりました。奥津は治済公に取り入らんがため、お梅の方を差しむけたとばかりおもっておりましたが、あにはからんや、お命を奪おうと狙っておったのでござります」

「何故にであろうか」

「推察いたすに、治済公が白河侯を老中首座に推挙なさると公言なさったからにござりますまいか」

白河侯こと松平定信は清廉潔白な殿さまとして知られており、幕閣の中心に鎮座することになれば、奥津のごとき悪党はまっさきに排斥される。そのことを恐れたがために、後ろ盾となる公方の実父を亡き者にしようとしたのだと、腰塚は筋を描いてみせた。

「お偉方の深謀遠慮など与《あずか》りしらぬところだが、なるほど、この密書はおぬしの描く筋書きの裏付けとなろう」

お吉が欲しかったのも、このような密書だったにちがいない。

桃之進はそうおもいつつも、やはり、首をかしげざるを得なかった。

「これを阿部備中守さまが手に入れれば、手放しでお喜びになられよう。治済公にご注進すれば、恩を売ることにもなろうからな。おのぞみどおり、次期老中の座を射止めるのも夢ではあるまい。であるならば、何故、おぬしは自分で密書をお持ちせぬ。これだけの大手柄をあげておきながら、何故、自分を押しだそうとせぬのだ」

「えっ」

「それは、拙者が阿部家の家来ではなく、幕臣だからにござります」

「備中守さまに奉仕して、かれこれ十三年になりますが、阿部家のご家中からは今でも余所《よそ》者扱いされております。おそらく、備中守さまにこの密書を直にお渡しすることは許されますまい。殿さまのもとへたどりつくまでに、何人もの上役が密書に目を通すことでしょう。そうした連中の手を渡るうちに、手柄を横取りされることは目にみえております。事と次第によっては、どなたかの判断で密書の存在を隠蔽《いんぺい》されるやもしれませぬ。秘かに奥津方と通じ、利を得ようとする者が出てくるやも。じつは、そのことを危惧《きぐ》しておるのです。ゆえに、さらなる証拠を摑むべく、もっと調べを深めたかった」

身辺に迫る危険を察知して疑心暗鬼になり、誰も信用できなくなってしまったのだろう。

「吟味物調役の宿命とは申せ、あまりに情けないことにございます」

そう言って、腰塚は悔し涙を流す。

意味もなく、貰い泣きしそうになった。

「腰塚どの、もうひとつだけお尋ねしたいことがある」

「何でしょう」

「このわしは、むかしからの知己ではない。阿部家の方々からすれば、何処の馬の骨ともわからぬ者だ。そんな相手に、おぬしは何故、これほどだいじなものを預けようとする」

「そのことでござりますか」

「ふむ」

「されば、申しあげましょう。葛籠さまは身を挺《てい》して、見も知らぬ拙者のことを救ってくださりました。そのことだけで充分なのでござります。拙者の身にまんがいちのことがあったときには、この密書を阿部備中守さまにお渡しくださされますよう、このとおり、お願い申しあげまする」

「待ってくれ。せめて、仲立ちとなり得る上役の名を教えてくれぬか」

「強《し》いてあげれば、江戸家老の大草主水丞《おおぐさもんどのじょう》さまにございりましょうか。密命に関わることは役宅ではなく、本郷丸山の中屋敷を訪ねたほうがよろしいかと」

「承知した」

「かたじけのうござります。これで、不安の半分は無くなりました」

深々と頭をさげる腰塚の手を握らずにはいられない。

桃之進は心身ともに衰弱していたせいか、手を固く握りかえされた瞬間、はからずも感極まってしまった。

九

翌夕、腰塚家から訃報《ふほう》が届いた。

腰塚本人が予期していたとおり、何者かに斬殺されたのだ。

取るものも取りあえず、御徒町の屋敷町へ向かった。

一度足を運んでいるので、まちがえずに辻を何度か曲がっていくと、薄闇のなかに白張提灯《しらはりぢょうちん》が灯《とも》っている。

昨日の今日なので信じられず、不思議な気持ちだった。

勇気を出して門を潜り、玄関の敷居をまたぐ。

抹香《まっこう》臭かった。

弔問客の草履《ぞうり》が、ふたつほど並んでいる。

廊下にあがると、噎《むせ》び泣きが聞こえてきた。

信じたくはないが、腰塚はこの世にいないのだ。

焼香を終えた弔問客と、廊下の途中で擦れちがう。

仏間に向かうと、焼香台の近くにほとけが寝かされており、妻女が布で目頭を押さえていた。膝のうえに座る幼子はあどけなく、人の死をきちんとわかっていない。動かぬ父親を揺りうごかし、何度も起こそうとしていた。そのすがたが、涙を誘う。

桃之進は枕元まで進み、妻女に断って顔に覆われた白い布を取った。

穏やかな死に顔だ。

「昼の日中、人通りの多い下谷広小路《したやひろこうじ》を歩いているときでございました」

妻女がくぐもった声で喋りだす。

「一陣の風が裾を払うように吹きぬけ、気づいてみれば夫が倒れておりました。わたしもそばにいたのです……」

腰塚は血の池をのたうちまわり、すぐにことときれてしまった。まるで、鎌鼬《かまいたち》にでもやられたかのようであったという。

「……うっ、うう」

妻女は嗚咽《おえつ》を漏らし、幼子も驚いて泣きだす。

ほかの弔問客が部屋を出ていくなか、桃之進はほとけの腹に晒《さら》しが巻かれているのをみつけた。

臍下《せいか》を一文字に裂かれたようだ。

刺客は真横の死角から近づき、歩みを止めることもなく斬りすてていった。

尋常ならざる手練《てだれ》にまちがいない。

脳裏に浮かんだのは、石宝寺の廊下で鉢合わせになった男だ。

疋田陰流の遣い手、入江十内である。

「あやつめ」

おもわず漏らした台詞に、妻女が反応した。

「……も、もしや、仇《かたき》を存じておられるのですか」

「えっ」

「葛籠さまですよね。一度、おみえになっていただきました」

「その節は夜分に申し訳ござらなんだ」

「主人に言われておりました。まんがいちのことがあったら、誰よりもさきに葛籠さまのもとへ訃報を届けるようにと」

妻女は言いつけを守り、使いを寄こしてくれたのだ。

「夫は脅えておりました。刺客に斬られることを予感していたのだとおもいます。されど、何故、刺客に斬られねばならなかったのでしょう。夫がいったい、何をしたというのですか。葛籠さま、ご存じならばお教えください。それを知らねば、この子と生きていく術をみつけられませぬ」

桃之進は正座し、両拳をぎゅっと握りしめる。

もちろん、密命のことを告げるわけにはいかない。

「それがしにわかっておるのは、腰塚どのが信念に生き、信念に死んでいったということに尽きます。腰塚どのは幕臣であり、阿部家の家臣でもあられた。双方の板挟みになって懊悩《おうのう》しつつも、寺社奉行の阿部備中守さまにたいし、紛うかたなき忠義を誓っておいででした。腰塚どのの忠義は、阿部家のどなたにも負けぬものであったと、それがしはおもっております」

「まことの忠臣なれば、お殿さまから褒めていただけますよね」

「無論にござる。表沙汰にはできぬが、腰塚どのは大手柄を立てられました。かならずや、備中守さまは腰塚どのの果たされたことをお知りになり、お褒めのことばを仰せになる。それがしは、さように確信しております」

「ありがとう存じます。葛籠さまのおことばを伺い、胸のつかえが取れたように感じます。かように惨めな死に方をした夫でも、お殿さまが忠臣とおみとめくださるのならば、浮かばれることにござりましょう」

ずっしりと重いものを背負わされた気分だ。

遺された妻子に惨めなおもいをさせぬためにも、腰塚の遺言を果たすべく、預かった密書を阿部備中守のもとへ届けねばならぬ。

――お頼み申す。

腰塚の死に顔が、うなずいたようにおもった。

仏間を辞去して外に出ると、寒空に星が瞬《またた》いている。

桃之進は下谷広小路を突っ切り、本郷丸山をめざした。

無謀にも阿部屋敷を訪ね、備中守への目見得《めみえ》を願いでようとおもったのだ。

不忍池《しのばずのいけ》の池畔を巡り、無縁坂《むえんざか》の切通を登った。

加賀《かが》藩邸を右手に眺めて本郷大路を進み、森川宿《もりかわじゆく》を抜けたさきの駒込追分《こまごめおいわけ》から左手の丸山新道へ向かう。さらに、左手にある御徒組や御先手組《おさきてぐみ》の組屋敷を抜けると、阿部藩邸の厳めしげな門がみえてきた。

門前の道には人っ子ひとりおらず、門番もいない。

桃之進は襟《えり》を正して歩を進め、大きく息を吸いこんだ。

「げほっ、げほっ」

慣れぬことゆえか、咳《せ》きこんでしまう。

もう一度呼吸を整え、腹の底から声を絞りだした。

「開門、開門」

門を敲《たた》きながら、声をかぎりに叫ぶ。

しばらくすると、門番らしき者が脇の潜り戸から顔を出した。

「何かご用で」

問われて、桃之進は胸を張った。

「吟味物調役の腰塚孫兵衛どのより、たいせつなものを預かった。ご家老さまにお取次願いたい」

「貴殿は」

「それがしは幕臣の葛籠桃之進、腰塚どのと縁深き者にござる」

「しばし、お待ちを」

それから、半刻近くも待たされた。

忘れられたのかと疑ったところへ、額の広い賢そうな侍が顔を出す。

「幕臣の葛籠どのと仰ったな。腰塚孫兵衛のことで何か」

「たいせつなものを預かった。大草さまを介し、阿部備中守さまへ直にお渡ししいたさねばなりませぬ」

「大草とは、当家江戸家老のことであろうか」

「さようにござる」

「申し遅れたが、それがしは大草家用人頭、中原新左衛門《なかはらしんざえもん》にござる。腰塚から預かったものをお渡し願えれば、それがしが検分したうえで上申いたす」

「それでは、腰塚どのの意に反する。まずは、御家老さまとお会いしたい」

桃之進はつっと身を寄せ、声をひそめる。

「貴殿を信用せぬわけではない。密命のことゆえ、直にお伝えせねばならぬのだ。それが腰塚どののご遺言でもある」

中原なる用人頭は、眉根を寄せた。

「密命など、当家では与りしらぬこと。腰塚は辻斬りに遭ったと聞いておる。あろうことか、昼の日中に人通りの多い下谷広小路でな。武士として恥ずべきことと、御家老は仰せになった。身に迫る殺気に気づかぬようでは、だいじなお役目を全《まっと》うできようはずもないとも仰せでな。それがしも同様の考えじゃ。腰塚にかたむける憐憫《れんびん》の情は欠片もない」

「まさか、通夜にも行かぬと仰せか」

「無論じゃ」

「それでは、あまりに不憫ではござらぬか」

「何と言われようと、それが当家の方針でござる」

隠密は飼い殺しにする。役目を仕損じた者は弔わずともよい。

それでは犬死にと同じではないかと、怒鳴りつけてやりたかった。

だが、門前払いにされるのは、なかば予想していたことでもある。

「そもそも、腰塚孫兵衛は阿部家の者ではない。何を預かったか知らぬが、どこの馬の骨とも知れぬ御仁《ごじん》が、寺社奉行を司るわが殿にお目通りする機会を得ようなどと、まったくもって笑止千万、甘い考えは抱かぬほうがよかろう」

中原は冷笑し、潜り戸の向こうへ消えていった。

桃之進は爪先で門を蹴りつけ、くるっと踵《きびす》を返す。

「口惜しいな」

知らぬまに、つうっと涙が頬を伝って流れおちた。

十

翌朝、桃之進は城ではなく、駿河台にある秋山頼母の屋敷へ向かった。

腰塚から預かった密書と出納帳をどうするか、寝ずに考えたすえに、秋山を頼ってみることにしたのだ。

ほとんど顔もみたことがなかったが、秋山は職禄二千石の西ノ丸留守居である。

まがりなりにも大奥の差配を任された重臣にほかならず、身分からすると大名家にも顔が利くのではないかとおもわれた。しかも、桃之進の上役であり、探索を命じられた石宝寺の件で相談を持ちこむのは、何らおかしいはなしではない。

屋敷を訪ねてみると、用人の下村久太郎が不機嫌な顔であらわれた。

「おぬし、出仕するさきをまちがえておらぬか」

やにわに叱責されたので、口を尖らせる。

「石宝寺の件でまかりこしました。至急、秋山さまにお伝えしたきことが」

「秋山さまに」

「はい。なにとぞ、お取次を」

いつになく真剣な顔で告げると、下村は渋々ながらも廊下に迎えいれ、玄関に近い控え部屋を指差した。

「その部屋で、しばし待て」

「はっ」

足を踏みいれた部屋は、殺風景なうえに黴《かび》臭い。

しかも、ひんやりとして薄暗く、床の間に掛かった軸には下げ髪の幽霊が描かれていた。

襟を寄せて身を固め、できるだけ絵をみないようにして待ちつづける。

四半刻（約三〇分）ほどすると、廊下の向こうから軽やかな跫音が近づいてきた。

襖がすっと開き、白髪の痩せた老臣が踏みこんでくる。

容貌は忘れていたが、ぴんと張った白い鼻髭《はなひげ》はおぼえていた。

秋山頼母にまちがいない。

やや遅れて、下村もはいってくる。

秋山は上座に腰を下ろすなり、床の間の水墨画を斜《はす》にみた。

「下村よ、円山応挙《まるやまおうきょ》じゃな」

「いかにも」

「夏ならばまだしも、いまだ桜も咲かぬこの時期に、応挙の幽霊はなかろう」

「はあ」

「すぐに、軸を替えさせよ」

「どのような軸がよろしゅうござりましょう」

「そうじゃな。たしか、蘆雪《ろせつ》の描いた梅に雀《すずめ》というのがあったであろう。そちらに替えよ」

「なれば、さっそく」

下村は部屋から出ていった。

秋山は軸から目を離し、こちらにからだを向ける。

「幽霊を背にしておると、何やら寒うなってくるのう」

懸巣《かけす》のような嗄《しわが》れ声で漏らし、紙を取りだすや、ちんと鼻をかむ。

「ところで、おぬしは誰であったかの」

「葛籠桃之進にござります」

「おう、葛籠か。たしか、北町奉行所の年番方を務めておった与力の紹介であったの」

「いかにも。年番方与力の漆原帯刀さまは、小石川の御薬園奉行にご昇進なされました」

「昇進とも言えまいが、田沼派の役人ならば、よしとせねばなるまい」

さほど興味もなさそうに、秋山は鼻を穿《ほじ》った。

そこへ、下村が戻ってくる。

「軸はいかがした」

「探させております。ほどなく」

「ふむ」

「して、おはなしはどこまで」

「はて、どこまでであったか」

惚けた秋山の目を覚まさせようと、桃之進はぱっと両腕を左右に広げ、大きい所作で畳に両手をついた。

「寺社奉行吟味物調役、腰塚孫兵衛どのより、密書を預かりましてございます。この密書は御側御用取次の奥津左京太夫さまから石宝寺住職の栄春に宛てたものにござれば、まずはお読みいただきたく、伏してお願いたてまつりまする」

「これへ」

さきほどまでと異なり、秋山は引きしまった表情になる。

桃之進は身を屈《かが》めて畳を滑り、密書を面前へ差しだした。

秋山は目を細めて密書を読みきり、かたわらの下村に手渡す。

そして、じっと目を瞑《つむ》ったのち、豁然《かつぜん》と眸子を開けて質した。

「おぬし、この密書を読んだのか」

「はい」

「腰塚なる者から託されたと申したな」

「いかにも。腰塚どのはその密書を手に入れるのと引換えに、命を絶たれましてございます」

「何と」

下谷広小路で斬られた経緯を告げると、秋山は首を左右に振った。

「悲惨なはなしではないか」

「腰塚どのはおのが死を予見し、密書を阿部備中守さまに届けてほしいと懇願なされました」

「それで、阿部さまのお屋敷へ参じたのか」

「伺ったものの、門前払いにされました」

「友への義理を果たせぬまま悩んだあげく、わしのもとへ厄介事を持ちこんできおったわけか」

「恐れながら、厄介事との仰せは心外にござります。秋山さまはくノ一を使い、この密書を手に入れようとなさっておられたのではござりませぬか」

「ほう、そうおもうたか。ただの間抜けではなかったらしいの。それで、わしにどうせよと」

「阿部備中守さまに密書をお渡しいただき、腰塚孫兵衛の手柄なりとお伝え願いたく存じます」

「なるほど、そこまでして亡き友に報いたいというわけじゃな」

「なにとぞ、お聞き届けを」

「やってみてもよい。ただし、できぬかもしれぬ。そのときは、いかがする」

「駕籠訴《かごそ》でも何でもいたす所存」

　おもわず、とんでもないことを口走ってしまった。

「ほほう、駕籠訴と申せば、困窮した百姓が切羽詰《せっぱ》まってやる所業。訴えた者は斬首され、駕籠訴さまとして故郷の百姓たちに敬われる。つまり、命懸けで訴えを通そうとする荒技にほかならぬ。しかも、幕臣が大名相手に駕籠訴をやった前例はない。前例のないことをやれば、どうなるかわかっておるのか」

「いいえ」

「後先のことも考えずに走るのは、無謀というものじゃ。されど、おぬしが阿呆《あほう》面をさげて駕籠を追いかけるすがたも、ちとみてみたい気がする」

　秋山は薄笑いを浮かべた。

「いずれにしろ、この密書、ただで寺社奉行にくれてやるのは惜しい」

「……ど、どうなさるおつもりで」

「田沼さまを介して、備中守さまにお告げいただくとするかな」

　桃之進は仰《の》け反《ぞ》った。

「えっ、田沼主殿頭さまに密書をお渡しなさるので」

「おぬしも存じておろう。わしは田沼さまに恩がある。おぬしらに石宝寺の件を調べさせたのも、奥津左京太夫の悪行を暴くことで、上様のご実父であられる一橋治済さまに恩を売る材料が得られると踏んだからじゃ」

今は干されてしまった田沼意次が、影の実力者として誰もが認める人物に恩を売ることで、返り咲きを狙っているのだろうか。

だとすれば、もやもやした気持ちを拭えない。

そんなことのために、お吉も自分も命を懸けさせられたのかともおもう。

秋山は言った。

「それにしても、奥津左京太夫さまが一橋治済さまのお命を狙《ねろ》うておったとはな。まったく、おもいもせなんだことじゃ。瓢箪《ひょうたん》から駒《こま》とはこのことじゃな」

「恐れながら」

「ん、何じゃ」

「はっ。密書が備中守さまの手に渡れば、奥津左京太夫さまの企ては一橋治済さまの知るところとなりましょう。そうなれば、備中守さまは一橋さまに恩を売ることになりませぬか」

「そうなろうな。もしかしたら、阿部備中守さまはおのぞみどおり、老中に抜擢《ばってき》されるやもしれぬ」

「田沼さまは、それでよろしいのですか」

「おぬし、何が言いたい」

「口にはできぬことにございます」

「何じゃ。口にいたせ」

「されば、申しあげます。密書の指示が栄春からお梅の方に伝わったとするならば、一橋さまは今まさに危うい情況におかれていることになります。田沼さまは、まんがいちのことをおのぞみになるやもしれませぬ」

要するに、お梅の方が一橋治済に毒を盛れば、田沼意次にとって最大にして最強の政敵がこの世から消えることになる。よって、田沼は密書を阿部に渡さぬという選択をするのではないかと、桃之進は勘ぐったのだ。

ぎろりと、秋山は目を剝いた。

痛いところをついたのだろう。

ぴんと、張りつめた空気が流れた。

と、そこへ。

水を差すかのように、軽輩の声が響く。

「申しあげます。新しい水墨画をお持ちしました」

下村が困ったような顔をする。

秋山は顎をしゃくった。

「かまわぬ。はいれ」

「はっ」

襖が開き、若侍が軸を携えてきた。

「よし、床の間に掛けるがよい」

「はっ、ただいま」

応挙の幽霊が外され、新たな軸が掛けられる。

秋山は眸子を細め、下村は声をひっくり返す。

「たわけ。その軸は何じゃ」

「はっ、泉必東《せんひっとう》の描いた柳に寒烏《かんがらす》にござります」

「わしが命じたのは、長沢《ながさわ》蘆雪の描いた梅に雀であろうが」

「……も、申し訳ござりませぬ」

ふたりのやりとりを聞きながら、秋山は面倒臭そうに言った。

「もうよい、寒烏でよい。おぬしはさがってよい」

「はっ」

若侍がいなくなり、空気はいっそう重くなる。

秋山が口を開いた。

「これだけは言うておかねばなるまい。田沼さまはな、おぬしの申すような小さきお方ではないぞ。先日も仰せになった。『ひとりの者が長らく政事《まつりごと》の舵取りをつづけるのはよくない』とな」

「はあ」

「『誰であろうと、権力を持った者は驕《おご》る。新たな風を吹きこまねば、政事は立ちゆかなくなる。今こそが、風を吹きこむ好機じゃ』とも仰せであった。まるで、ご自身の役目は終わったかのように、淋しげな顔をなされてな。すでに、田沼さまは達観しておられる。あれだけのことをやってのけられたお方ゆえ、徳川《とくがわ》家の行く末を見定めることがおできになるのであろう」

ほっと、秋山は溜息を漏らす。

「わしはちと、考えちがいをしておったやもしれぬ。田沼さまのお心を斟酌《しんしやく》し、余計なことをしようとしておったのだ。葛籠、近う」

「はっ」

鼻先まで身を寄せると、密書を返された。

「やはり、これはおぬしの手で阿部さまにお渡しせよ。わしはいっさい、与りしらぬものとする」

「はあ」

「ただし、悪党どもの由々《ゆゆ》しき企てを捨ておくわけにはいかぬ。奥津左京太夫ならびにお梅の方を、亡き者にせねばなるまい。葛籠よ、おぬしがやるのじゃ」

「げっ」

「これは急ぎのお役目ぞ」

「もしや、密命ということにござりましょうか」

秋山はその問いに、じっくりうなずく。

「さよう、密命じゃ。拒むことは断じて許さぬ」

桃之進は口をへの字に曲げ、床の間に掛けられた軸をみた。

そして、くいっと顎を突きだし、決然と言いはなつ。

「呑みこみ山の《の》寒鳥にござります」

秋山は下村と顔を見合わせ、満足げに微笑む。

何やら、これまでに抱いたことのない感情が湧きあがってきた。

おそらく、それは忠義とか正義とかいったたぐいのもので、宮仕えの侍があたりまえのように抱く感情であろう。

しかし、課されたのが難題であることに疑いはなかった。

十一

二十五日は鎌倉河岸の豊島屋《としまや》から白酒《しろざけ》が発売される。

勝代と絹は縁起物だからと称し、長蛇の列に並ぶらしい。

室町の十軒店《じっけんだな》には雛市《ひないち》も立つので、そちらも素見してくると聞いたが、ふたりにはわざわざ人混みを好む習性があるようだ。

例の『うさぎ香』は、このところ目にしなくなった。

石宝寺の住職と売り元の梅園屋松次郎があいついで不審死を遂げたことで、紛い物の膏薬は世の中から消えてなくなったのだ。

それでも、充分に潤った悪党どもはいる。

一橋治済の寵愛を受けるお梅の方、そして、御側御用取次の奥津左京太夫と家来の入江十内。この三人に引導を渡すのが、桃之進に課せられた密命であった。

「無理にきまっております」

安島と馬淵は口を揃えた。

「だいいち、的がどこにいるのかもわかりません」

ふたりの疑念には、下村がこたえを用意していた。

「こやつに聞け」

三人のもとへ寄こされたのは、くノ一のお吉にほかならない。

「おぬしらがやらぬというなら、わたしひとりでやるからよい」

そんなふうに居直られ、仕方なく指図にしたがうことになった。

お吉は秋山の配下ではなく、田沼意次に長らく仕えてきたくノ一なのだという。

「のうらく者のおぬしらとは、所詮、格がちがうわ」

歯に衣《きぬ》着せぬ物言いが、かえって心地よく感じてしまう。

お吉によれば、まず、お梅の方は侍女たちをともない、本日は午後から十軒店の雛市をみてまわるらしい。

「雑踏に紛《まぎ》れて亡き者にすればよい」

という段取りを告げられても、容易にことが運ぶとはおもえなかった。

馬淵の調べで、お梅の方が薙刀《なぎなた》の名手と判明していたからだ。

さらに難しいのは、奥津左京太夫のほうであった。

そもそも、御側御用取次と言えば、公方のそばに仕える重臣のなかの重臣である。

奥津はなかでも高禄取りで、五千石もの職禄を得ていた。

もっとも、それだけでは足りずに、石宝寺の栄春が騙りで得た儲けを吸いあげていたのだから、たいした悪党というよりほかにない。

「奥津左京太夫とて下城する。おそらく、刻限は八つ半（午後三時頃）頃であろう」

老中たちが下城したのち、おおよそ半刻で下城するはずだと、お吉は言った。

「よくぞ、調べたな」

「それが役目じゃ、愚か者め」

桃之進は聞いたそばから悪態を吐かれたが、不思議と腹も立たない。

女童《めわらべ》の面影を残したお吉の強がりが、愛らしく感じられるからだ。

「奥津の拝領屋敷は麴町ゆえ、かならず、半蔵御門から出てくる。そこを狙えばよいのだ。ただし、奥津には狼が随従している」

「入江十内だな」

「さよう。梅園屋を始末したのも、入江にまちがいない。おぬしの友であった腰塚どのも、おそらくは入江に殺《や》られたのであろう」

十軒店でお梅の方を始末し、その足で半蔵門外にまわって待ちぶせをはかる。

段取りは、ほぼできた。

「あとは踏みこむ勇気があるか否《いな》か。正直、おぬしらに期待はしておらぬ。秋山さまがやらせてみよと仰るゆえ、お命じにしたがうだけのことだ。できぬなら、できぬと言うてほしい。中途半端にできるような顔をされるのが、いちばん迷惑なはなしゆえな」

安島が不機嫌そうに言った。

「葛籠さま、いっそ小娘に任せてはいかがです。曼陀羅華を身代わりに呑んだ恩も忘れておるようですし」

「そうだな」

ともあれ、桃之進たち三人は西ノ丸の御用部屋で待機し、午後になってお吉と落ちあうべく、日本橋室町の十軒店へ向かった。

「こりゃまいったな」

踏みこむことを躊躇《ちゅうちょ》するほどの、とんでもない混みようだった。

大路のまんなかに仮小屋がずらりと二列で並び、どちらの道も花色模様の着物を纏った娘たちで溢れている。

安島が額に汗を滲ませながら聞いてきた。

「お吉どのは、何処におるのでしょう」

「お吉を捜すより、御殿女中の一行を捜したほうが早かろう」

三人は目を皿にして、お梅の方の一行を捜す。

すると、みたことのある顔がふたつやってきた。

「うわっ、まずい。母と妻だ」

顔を隠す桃之進に、安島が耳打ちしてくる。

「これだけの人ですし、侍もけっこうおりますから、みつかりっこありませんよ」

背を向けてそっと遠ざかり、反対側の道へ逃れる。

すると、前方から、煌びやかな御殿女中の一行がやってきた。

「おりましたぞ。まんなかにおるのが、お梅の方にまちがいござりませぬ」

馬淵がすっと離れていく。

安島も少し遅れてしたがった。

桃之進は反対側の道に気を配りつつ、ゆっくり獲物に近づいていく。

「ひゃああ」

突如、一行の周囲から悲鳴があがった。

「すわっ」

駆けつけてみると、町娘の恰好をしたお吉が対峙《たいじ》している。

何と、短刀を逆手に握り、お梅の方を睨みつけていた。

周囲の人々は蜘蛛《くも》の子を散らすように逃げ、お吉とお梅の方の立ったあたりだけがぽっかり空いていた。

誰からも丸見えなので、桃之進たちは加勢することもできない。

お梅の方は少しも動じず、解いた帯留めで襷《たすき》掛けをしてみせた。

「薙刀を持てい」

凜然と声を響かせ、侍女のひとりに命じる。

煌めく薙刀が手渡されると、どよめきが起こった。

桃之進でさえも、三座の興行を観ている気分である。

「くせものめ、成敗してくりょう」

お梅の方は吼《ほ》え、頭上に薙刀を掲げた。

――ぶん。

薙刀を旋回させるや、刃風が巻きおこる。

「お覚悟」

お吉は迷いもせず、果敢に踏みこんでいった。

「いやっ」

お梅の方も踏んばり、薙刀を真横に振りまわす。

脇に飾ってあった内裏《だいり》雛が、ちょんと首を刎《は》ねられた。

お吉は身を沈めて躱《かわ》し、ぐんと伸びあがる。

「くっ」

短刀を握った手が伸び、お梅の方の頬が裂けた。

ほぼ同時に、お吉は地べたに叩きつけられる。

刃ではなく、柄のほうで肩を打擲《ちょうちゃく》されたのだ。

白目を剝き、昏倒しかけている。

「莫迦《ばか》め、あの世へ逝《い》くがよい」

留《とど》めの刃が襲いかかった。

刹那、一陣の風が横切り、お吉を攫《さら》っていった。

馬淵である。

「おぬしら、かようなところで何をしておる」

反対側で、安島が怒声を張りあげた。

岡っ引きから借りた十手《じって》をちらつかせている。

お梅の方も侍女たちも、遠巻きにしていた野次馬たちも、ことごとく、安島のほうへ顔を向けた。

桃之進は、その瞬間を逃さない。

滑るように的へ迫り、擦れちがいざま、喉笛を斬ってみせた。

「ぬげっ」

お梅の方は短く発し、その場にくずおれる。

そして、二度と起きあがってこなかった。

「うひぇえ」

悲鳴をあげて逃げまどう者のなかには、勝代と絹も混じっている。

もちろん、ふたりは桃之進の影すらも目に留めてはいなかった。

十二

一刻（約二時間）ののち、桃之進たちのすがたは半蔵門の外にある。

幸い、お吉は軽傷で済んだ。

むっつり黙っているのは、口惜しいからにちがいない。

「おぬしはようやった。何も落ちこむことはない」

安島の慰めは、お吉の怒りに火を注ぐだけだ。

四人は濠を渡ったさきの物陰に隠れ、獲物を待ちつづけた。

お吉が怒ったように言う。

「段取りはどういたす」

すかさず応じたのは、太鼓腹を突きだした安島だ。

「まずは、ふたりを引き離さねばなるまい。たとえば、お吉どのとわしで芝居を打つというのはどうだ」

「また、猿芝居か」

「十軒店では、うまくいったではないか」

「それで、引き離したあとはどうする」

「奥津左京太夫は、たいした相手ではない。危ないのは、入江十内のほうだ。入江を煽《あお》って、何とか隼《はやぶさ》町の露地裏へ誘いこむ。誘いこんだら、ふたりで挟みうちにして一気に片を付ければよい」

「われらも二手に分かれるのだな。して、入江を葬るのは」

「葛籠さまにきまっておろう。馬淵が助太刀にまわれば、恐いものはあるまい」

「されば、われらは奥津を討つのだな」

「まあ、そういうことになるな。葛籠さま、いかがにござりましょう」

苦虫を嚙みつぶしたような顔になりつつも、桃之進はうなずくしかなかった。

安島が偉そうに諭す。

「されどな、お吉どの、物事は段取りどおりにいかぬもの。臨機応変な対応が必要になってこよう」

「釈迦に説法じゃ」

「おっと、これは失礼」

ぺんと、安島は額を叩いた。

と、そこへ、的に掛ける連中がやってきた。

「しまった、駕籠で来おった」

あたりまえと言えばそれまでだが、今さら臍《ほぞ》を噛んでも仕方ない。

駕籠の一行は、駕籠に乗る奥津と駕籠かきを除けば、四人で構成されていた。若い供人がふたりと草履取りがひとり、駕籠の先頭に立つのが入江十内にほかならない。

入江を除く供人ふたりの力量は判然としない。

ふたりをどうするか、桃之進も考えあぐねた。

「出直しますか」

安島の安直な提案は、お吉に拒まれる。

「お梅の方が斬られたと知れば、敵はいっそう警戒を厳重にいたそう。おそらく、好機は二度と訪れぬぞ」

桃之進も、お吉に同意せざるを得ない。

「安島、どうにかしろ」

難題を預けると、安島はぽんと胸を叩いた。

「お任せを」

意気に感じたのか、その場を離れ、意気揚々と駕籠に迫っていく。

その背中を、町娘の恰好をしたお吉が追いかけた。

桃之進と馬淵は物陰に残り、固唾《かたず》を呑んで見守るしかない。

安島は歩きながら、十手を取りだしていた。

その脇を、お吉が必死の形相《ぎょうそう》で追いぬいていく。

「ご注進、ご注進」

桃之進は身を乗りだした。

駕籠が止まるや、お吉は派手に転び、地べたに両手をつく。

「恐れながら、奥津左京太夫さまの御一行とお見受けいたします。わたくしはお梅の方さまの侍女にござります。つい今し方、お梅の方さまがくせものに襲われました。そこの露地裏へ連れこまれたのです。どうか、お助けくださ い」

迫真の演技であった。

駕籠の垂れが捲《めく》れ、白足袋《たび》の奥津が外に出てくる。

「お梅の方の一大事じゃ。入江、ふたりを連れて向かえ」

「されど」

「早く行け。わしのほうは平気じゃ。そこに町奉行所の同心も来ておるゆえな」

顎をしゃくられた安島が独楽鼠《こまねずみ》のように身を寄せ、にっこり微笑む。

入江は供人ふたりを引きつれ、こちらへまっすぐに向かってきた。

そして、隠れた桃之進たちのすぐそばを通りすぎ、露地裏へ駆けこんでいく。

「されば、まいりますか」

馬淵に誘われ、桃之進は重い足を引きずった。

ひとりをふたりで討つはずが、ふたりで三人に向かわねばならなくなった。

「とりあえず、若手のふたりは拙者が引きうけましょう」

馬淵はそう言い、露地裏へ消えていく。

「さて、まいるとするか」

みずからを奮いたたせ、桃之進もあとにつづく。

曇天の一角が、夕焼けに染まっていた。

露地裏は薄暗く、抜け裏はない。

「きえっ」

若侍の気合いが聞こえてきた。

——きいん。

金音もする。

桃之進はどぶ板を踏みしめた。

「もうひとり、おりますぞ」

若い供人が奥に声を掛ける。

すかさず、馬淵が斬りこみ、峰打ちに仕留めた。

が、もうひとりは手強そうだ。

馬淵に正面から斬りかかり、鍔迫《つばぜ》り合いに持ちこんでいる。

「葛籠さま、早う奥へ」

「よし」

煽られて奥へ進むと、縦も横もある入江が待ちかまえていた。

「うぬら、謀《はか》ったな」

仁王《におう》立ちで怒鳴りあげ、刀を抜かずに躙りよってくる。

桃之進も刀を抜かず、間合いを詰めていった。

「ん、その間抜け顔、石宝寺で見掛けたぞ。たしか、大奥の表使に仕えておったな」

「存外に記憶がよいな」

「やはり、隠密であったか。命じたのはどっちだ。寺社奉行の阿部家か、それとも、一橋家か」

「どちらでもない」

「されば、誰の配下だ」

「それを聞いてどうする。閻魔《えんま》大王にでも上申いたすか」

「ふふ、わしに勝つ気でおるのか。この入江十内はな、将軍家剣術指南役の柳生《やぎゅう》さまをも唸らせた男じゃぞ」

脅しにきまっていると、桃之進はみずからに言い聞かせた。

そうでもしなければ、膝ががくがく震えてきそうだ。

「おぬし、修めた流派は」

「無外流」

「ほう、無外流の一偈《いちげ》を受けたと申すか」

「いかにも」

「されば、嘗《な》めて掛かるわけにはいくまい」

入江は身構え、しゅっと白刃を抜いた。

三尺（約九〇センチ）近くはある剛刀だ。

桃之進も抜いた。

こちらは二尺七寸（約八一センチ）の孫六兼元である。

三寸（約九センチ）のちがいは、天と地ほどのちがいだ。
しかも、相手のほうが腕も長い。
「こりゃまずいな」
口を閉じたままつぶやき、後ろの気配を探る。
——きいん。
金音がまた響いた。
馬淵はどうやら、手こずっているらしい。
助太刀はあきらめた。
覚悟を決め、生死の間境を踏みこえるしかない。
「まいるぞ」
入江の顔からは、満々たる自信の色が窺えた。
「ぬりゃ……っ」
大上段の構えから、重い一刀が落ちてくる。
——がつっ。
これを十字に受けるや、片膝がかくんと折れた。
相手は刀に乗りかかり、圧し斬りにしようとする。

鼻先に白刃が迫り、白刃のそばに鬼の顔があった。

「ふん、ふん」

荒い鼻息とともに、凄《すさ》まじい重量が掛かってくる。

桃之進は耐えられず、どすんと尻餅《しりもち》をついた。

「あっ」

それが幸運にも肩すかしとなり、入江は平衡《へいこう》を失う。

――ざくっ。

剛刀の切っ先が、どぶ板に刺さった。

桃之進は咄嗟《とっさ》に泥水を掬《すく》い、相手の顔に引っかける。

「うわっ」

入江は仰け反り、右八相《はっそう》の雷刀《らいとう》に構えた。

そのときである。

「喰らえ」

お吉の声が響いた。

遙か頭上から、冬瓜《とうがん》ほどの石が落ちてくる。

入江は石を躱し、大きく半身をかたむけた。

この間隙《かんげき》を逃せば、勝ち目はない。

「ふん」

桃之進は身を寄せ、孫六を斜に薙《な》ぎあげる。

「ぐわっ」

白刃は脇胴を深々と剔《えぐ》った。

入江は血を吐き、どぶ板のうえに倒れる。

即死であった。

桃之進は納刀し、命を救ってもらった石を拾う。

「……こ、これは」

「石宝寺ご本尊のかたわれじゃ」

お吉がそばに歩みより、歯をみせてにっこり笑った。

「首尾は上々」

奥津左京太夫は、駕籠のまえで蹲《うずくま》っていた。

切腹したようにもみえるが、肝心の首が無い。

どうやら、お吉が一刀のもとにしたらしかった。

一方、馬淵もどうにか、若手を峰打ちに仕留めた。

安島も十手で肩を叩きつつ、嬉しそうにやってくる。

「おぬしらも、なかなかのものではないか」

のうらく者三人に向かって、お吉は快活に言いはなった。

おそらく、それが最大の褒め言葉なのであろう。

少なくとも、桃之進にはそのことばだけでよかった。

秋山頼母に下された最初で最後かもしれぬ密命を、見事に完遂してみせたのだ。

「腰塚どの、仇は討ったぞ」

だが、桃之進にはまだ、やらねばならぬ厄介事がある。

「無論、やるのでしょうね」

お吉が言った。

「そりゃ、友のためなら、やらずばなるまい」

と、安島も他人事だとおもって煽りたてる。

「葛籠桃之進は男にござる」

安島が團十郎《だんじゆうろう》張りに見得を切ってみせると、お吉は腹を抱えて笑った。

十三

暦替わって弥生朔日《やよいついたち》。

月次御礼登城《つきなみおれいとじょう》のため、諸侯諸役人は朝から大手門前へ集まってくる。寺社奉行の阿部備中守とその家臣団も、五つ半（午前九時頃）には下馬所に到達し、所定の場所に下座敷と呼ぶ筵《むしろ》を敷いて座った。

諸大名は老中や若年寄の登城を待って、定められた順に登城しなければならない。老中の登城は「四つ上がり」とされているので、順番がまわってくるまで半刻ほどの猶予があった。

幸い空は晴れているものの、濠端を吹きぬける風はまだ冷たい。

御三家や老中などの家臣団は、屋根のある供待《ともまち》のなかで待機できるからよいが、筵を敷いて座る連中は寒さに耐えねばならなかった。と言っても、歯を食いしばって耐えるほどの寒さではない。真冬にくらべれば条件は雲泥《うんでい》の差だし、真夏の猛暑をおもえば、今朝のほうが遙かにしのぎやすかろう。

桃之進は供待の物陰から、じっと様子を窺っている。

登城橋のたもとに下馬札が立っており、そこから右へ五十間（約九〇メートル）ほどの濠端に阿部家の家臣団が待機していた。

当然のごとく、備中守もそこにいる。

まんなかに風除けの楯《たて》がみえるので、そのなかで待っているのだろう。

登城の合図は、西ノ丸太鼓櫓《たいこやぐら》の太鼓である。

順番を報せる太鼓が鳴るまで、大名と雖《いえど》も待ちつづけねばならない。

桃之進はこの機をとらえ、備中守のそばへ近づこうと考えていた。

駕籠訴では勝機が無いと踏み、より確実に目見得できる方法を模索したのだ。

そうなると、大名が登城を待つ今をおいて、ほかに好機はみつからなかった。

「まことに、おやりになるのでござるか」

背後から、安島が声を掛けてくる。

かたわらには、馬淵とお吉が並んでいた。

お吉は不安げな顔をしている。

「亡くなった腰塚さまは、そこまでのぞんでおられましょうかね」

と、しきりに足を引っぱるようなことを語りかけてきた。

「だいいち、奥津左京太夫もお梅の方も、もうこの世におらぬわけだし」

桃之進はしかし、腰塚から託された密書と出納帳を備中守に渡さねばならぬとおもっていた。

密書を読めば、奥津左京太夫とお梅の方が不審死を遂げた理由はあきらかになる。

石宝寺に関わる悪事の筋書きも描くことができよう。

寺社奉行としては、一連の出来事をとりまとめ、老中や公方に上申しなければならない。筋の通った上申書をしたためるにあたって、密書と出納帳は重要な裏付けとなる。と同時に、腰塚孫兵衛の忠義も証明されるのだ。

ここで断念すれば、すべて無かったことにされる。

腰塚の存念を無にすることはできない。

ゆえに、桃之進は備中守のもとへたどりつかねばならなかった。

「命を亡くしますよ」

お吉は仕舞いに泣きだした。

「わたしは、葛籠さまに死んでほしくないのです」

安島と馬淵は呆気にとられつつも、少しはお吉の気持ちがわかったのか、しんみりとしてしまう。

「おいおい、通夜のようではないか」

桃之進は、みずからを鼓舞するように言った。

「わしはずっと、のうらく者と呼ばれつづけてきた。今の時勢、そうした生き方もまたありかと、なかばあきらめてもいた。されど、今日こうして、侍魂を発揮できる檜舞台《ひのき》に立つことができた。すべては、腰塚どののおかげだ。この機を逃せば、正真正銘の腑抜け侍となって、誰にも惜しまれずに死んでいくしかあるまい。今日のことはすべて、腰塚どのとの出会いからはじまった。つまり、これは宿命なのだ。たとい、この首を討たれたとて、一片の後悔もない」

滔々《とうとう》と語っているあいだに、阿部家の待機場所に何やら動きがあった。

「あっ、葛籠さま、お殿さまとおぼしきお方が、こちらへ向かってまいりますぞ」

安島が声をひっくり返す。

「厠《かわや》にござりましょう」

と、馬淵が冷静に推理した。

「おそらく、供侍の厠をお使いになるはず。そのとき、備中守さまはおひとりになられますぞ。葛籠さま、これも天の助け。好機到来ではござりませぬか」

「そうかのう」

厠で待ちぶせをするというのも、何やら卑怯《ひきょう》な気がする。

しかも、大小便の臭いが漂うなかで、備中守がはなしを聞いてくれるであろうか。

「くれぐれも、お気をつけなされませ」

と、安島は言った。

「密書で尻でも拭かれたら、元の木阿弥《もくあみ》でござりますからな」

「わかった、やってみよう」

尻を叩かれるように、桃之進は厠へ向かう。

大名にあてがわれた厠は縦長で、大と小に分かれていた。扉はなく、奥の大便用は床に穴がいくつか開いているだけの簡易なつくりだ。

桃之進はどん詰まりまで行き、外からみえぬ死角に隠れる。

「臭《くそ》うてかなわぬな」

文句を漏らしていると、外が騒々しくなり、侍烏帽子《えぼし》をかぶったままの阿部備中守がひとりで駆けこんできた。

大便のようだ。

我慢の限界に達しつつあるのか、血相を変えている。

すでに、狩衣《かりぎぬ》は脱いでおり、尻を捲《まく》ればよいだけの状態だ。

よほど焦っているのか、備中守は駆けこむや、体勢をくずした。

今しも穴に落ちかけたとき、桃之進がさっと背後から抱きとめる。

「うおっ」

備中守が声を漏らした。

すかさず、桃之進は囁く。

「大事ございませぬ。そのまま、そのまま」

「ふむ」

備中守は桃之進に支えられたまま、どうにか無事に用を足した。

高価な懐紙で尻を拭き、ようやく振りかえる。

「すまぬ。誰かは知らぬが、おかげで九死に一生を得た」

「何の、お安いご用で」

「されば な」

「殿、しばしお待ちを」

「何じゃ」

「これをお持ちくださりませ」

桃之進は片膝をつき、用意した密書と出納帳を取りだす。

「憚《はばか》りながら、殿の密命を帯びた隠密が、命懸けで手に入れた密書にございます。お読みいただければ、石宝寺に関わる悪事の筋書きがあきらかになりましょう」

「ん、石宝寺か」

「いかにも」

「隠密の名は」

「腰塚孫兵衛と申す吟味物調役にございます。備中守さまに比類《ひるい》無き忠誠を誓いながらも、壮絶な死を遂げました」

「おぬしは何者じゃ。烏枢沙摩明王《うすさまみょうおう》の使わしめか」

「滅相もございませぬ。腰塚どのから密書を託された者にございます」

「ふむ、わかった」

阿部備中守正倫《まさとも》は厳めしげにうなずき、密書と出納帳を手にすると、厠から出ていった。

そして、すぐさま戻り、携えてきた陣羽織を置いていく。

ちに伝えよ」

「腰塚なる者の忠義、この正倫、しかと受けとった。さようにの、遺された者た

「へへえ」

桃之進は汚れた土間に両手をつき、額まで擦りつけて感謝の意をあらわした。

陣羽織を携えて仲間のもとへ戻ると、登城を促す太鼓の音色が響いている。

「葛籠さま、よくぞ、やりおおせましたな」

安島たちは、満面の笑みで迎えてくれた。

恰好よくはないが、自分らしいやり方であったかもしれぬ。

「終わりよければすべてよし、にござりますよ」

お吉も慰めてくれた。

「侍魂を発揮されましたね」

――どん、どん、どん。

一朶《いちだ》の雲もない蒼天《そうてん》のもと、大名たちが駕籠に揺られ、つぎつぎに登城橋を渡っていく。

もうしばらくすれば、江戸のそこかしこで桜が咲きはじめる。

桃之進の胸の裡には、すでに、満開の桜が咲いていた。

一〇〇字書評

切・り・取・り・線

購買動機（新聞、雑誌名を記入するか、あるいは○をつけてください）

□（　　　　　　　　　　　　　　）の広告を見て
□（　　　　　　　　　　　　　　）の書評を見て
□ 知人のすすめで　　□ タイトルに惹かれて
□ カバーが良かったから　　□ 内容が面白そうだから
□ 好きな作家だから　　□ 好きな分野の本だから

・最近、最も感銘を受けた作品名をお書き下さい

・あなたのお好きな作家名をお書き下さい

・その他、ご要望がありましたらお書き下さい

住所	〒				
氏名		職業		年齢	
Eメール	※携帯には配信できません	新刊情報等のメール配信を 希望する・しない			

この本の感想を、編集部までお寄せいただけたらありがたく存じます。今後の企画の参考にさせていただきます。Eメールでも結構です。

いただいた「一〇〇字書評」は、新聞・雑誌等に紹介させていただくことがあります。その場合はお礼として特製図書カードを差し上げます。

前ページの原稿用紙に書評をお書きの上、切り取り、左記までお送り下さい。宛先の住所は不要です。

なお、ご記入いただいたお名前、ご住所等は、書評紹介の事前了解、謝礼のお届けのためだけに利用し、そのほかの目的のために利用することはありません。

〒一〇一－八七〇一
祥伝社文庫編集長　坂口芳和
電話　〇三（三二六五）二〇八〇

祥伝社ホームページの「ブックレビュー」からも、書き込めます。
http://www.shodensha.co.jp/bookreview/

祥伝社文庫

恋《こい》はかげろう　新《しん》・のうらく侍《ざむらい》

平成29年 9 月20日　初版第 1 刷発行

著　者　坂岡《さかおか》　真《しん》
発行者　辻　浩明
発行所　祥伝社《しょうでんしゃ》
東京都千代田区神田神保町 3-3
〒101-8701
電話　03（3265）2081（販売部）
電話　03（3265）2080（編集部）
電話　03（3265）3622（業務部）
http://www.shodensha.co.jp/

印刷所　堀内印刷
製本所　積信堂
カバーフォーマットデザイン　中原達治

Printed in Japan ©2017, Shin Sakaoka ISBN978-4-396-34350-7 C0193

祥伝社文庫の好評既刊

坂岡 真

お任せあれ のうらく侍御用箱⑥

白洲《しらす》で裁けぬ悪党どもを、天に代わって成敗《せいばい》す！ のうらく侍、一目惚れした美少女剣士・結《ゆい》のために立つ。

風野真知雄

当たらぬが八卦《はっけ》 占い同心 鬼堂民斎《きどうみんさい》①

易者・鬼堂民斎の正体は、南町奉行所の隠密同心。恋の悩みも悪巧《だく》みも一件落着！ を目指すのだが――。

風野真知雄

女難《じょなん》の相あり 占い同心 鬼堂民斎②

鬼堂民斎は愕然とした。自分の顔に女難の相が！ さらに客にもはっきりとそれを観た。女の呪いなのか――!?

風野真知雄

待ち人来たるか 占い同心 鬼堂民斎③

民斎が最近、大いに気になる男――往来にただ立っている。それも十日も。そんなある日、大店が襲われ――。

風野真知雄

笑う奴ほどよく盗む 占い同心 鬼堂民斎④

芸者絡みの浮気？ 真面目一徹の矢部《やべ》駿河守《するがのかみ》がなぜ？ そして白塗りの若《わか》衆《しゅ》の割腹《かっぷく》死体が発見されて……。

風野真知雄

喧嘩旗本 **勝小吉《かつこきち》事件帖** 新装版

勝海舟《かつかいしゅう》の父で、本所一の無頼・小吉。積年の悪行で幽閉された座敷牢の中から、江戸の怪事件の謎を解く！

〈祥伝社文庫　今月の新刊〉

西村京太郎
十津川警部　七十年後の殺人
二重国籍の老歴史学者。沈黙に秘めた大戦の闇とは？　時を超え十津川の推理が閃く！

遠藤武文
原罪
雪室に置かれた刺殺体から始まる死の連鎖。三つの死が示す真実を刑事・城取が暴く！

加藤実秋
ゴールデンコンビ
婚活刑事&シンママ警察通訳人
イケメンなのに結婚できない刑事・直哉とバツ2でシングルマザーのアサが難事件に挑む！

葉室　麟
春雷《しゅんらい》
羽根藩シリーズ第三弾
怨嗟の声を一身に受け止め、改革を断行する新参者。鬼と誘られる孤高の男の想いとは？

小杉健治
伽羅《きゃら》**の残香**　風烈廻り与力・青柳剣一郎
欲にまみれた、富商、武家、盗賊の三つ巴の争い。剣一郎が見た悲しき結末とは……。

坂岡　真
恋はかげろう　新・のうらく侍
女の一途につけ込むワルは許さない！　なまけ者の与力が奮闘努力で悪を懲らしめる。

芝村涼也
鬼変　討魔戦記
瀬戸物商身延屋で起きた惨殺事件。新入りの小僧・市松だけが、忽然と姿を消した……。

原田孔平
紅《くれない》**の馬**　浮かれ鳶の事件帖
一橋家の野望を打ち砕け。剣客旗本、本多控次郎見参！　早駆け競争に仕組まれた罠とは

五十嵐佳子
読売屋お吉　甘味とぉんと帖
菓子処の看板娘が瓦版記者に⁉　無類の菓子好き、読売書きお吉の出会いと成長の物語。

簑輪　諒
最低の軍師
押し寄せる上杉謙信軍一万五千！　北条家に力を貸した幻の軍師白井浄三の凄絶な生涯

井沢元彦
驕奢《きょうしゃ》**の宴**《うたげ》**（上）**　信濃戦雲録第三部
『逆説の日本史』の著者が描く天下人秀吉の光と陰。戦国―欲と知略、そして力とは？

井沢元彦
驕奢《きょうしゃ》**の宴**《うたげ》**（下）**　信濃戦雲録第三部
構想・執筆30年の大河歴史小説ここに完結！　戦国の鍵を握る秘仏善光寺如来の行く末は？